主编 凌翔　　　　　　　　　新时代精品朗诵诗选

似是而非的日子

越兮 著

中国民族文化出版社
北京

版权所有　侵权必究

图书在版编目（CIP）数据

似是而非的日子 / 越兮著. — 北京：中国民族文化出版社有限公司，2020.7
ISBN 978-7-5122-1361-6

Ⅰ.①似… Ⅱ.①越… Ⅲ.①诗集—中国—当代 Ⅳ.①I227

中国版本图书馆CIP数据核字（2020）第085560号

书　　名	似是而非的日子
作　　者	越　兮
责　　编	张　宇
出　　版	中国民族文化出版社
地　　址	北京东城区和平里北街14号（100013）
发　　行	010-64211754　84250639
印　　刷	唐山楠萍印务有限公司
开　　本	710mm×1000mm　1/16
印　　张	13
字　　数	120千字
版　　次	2020年7月第1版第1次印刷
书　　号	ISBN 978-7-5122-1361-6
定　　价	49.80元

若得三生倾一世（代序）

一

以为心中有灯，总能照亮彼此混沌的梦。孰料，似梦非梦的人生，纵如庄周梦蝶，终究不见人同梦，终究不见一梦同。

人是万物之灵长，自是最复杂的动物。然而，再神奇的人，也无法窥视别人的梦境，无法预知来生。再相爱的人，心存芥蒂，讳莫如深，自然会滋生怨猜，产生矛盾，更无法保证来生还能在一起。

"愿得一心人，白头不相离"的臻美情缘，古往今来，总被痴男痴女奉为圭臬。然而，修缘终非修心。有些人朝圣一辈子，也未必能抵达此境界。

纵观近现代史，携手一生的名人夫妻并不多。冰心和吴文藻，成为文化界津津乐道的一对。我不知道他们是不是一对情圣，但知他们的爱情经历过岁月静好，也经历过生活跌宕，无论前程如何、命运怎样，他们始终不离不弃，相濡以沫整整56年。

　　我不知他们在生命弥留之际，有无相许来生，但此生能得如此，足矣！有人说，相对于爱情和婚姻，"好看的皮囊千篇一律，有趣的灵魂万里挑一"实在重要。不否认，有趣的人，能把生活的一地鸡毛过成诗，抑或调剂成妙趣横生的小品。身为作家、编剧和诗人，就自我感触而言，即使永葆诗心，疲于应付生活和工作的灵魂，不可能将万千风物都吟成诗，更不会在不爱诗的人面前谈诗，也不可能在心乱如麻之际犹保持舞台作秀的矫情。

　　冰心的作品中也曾泄露，生活中的吴文藻并不有趣，甚至笨拙，被冰心戏谑为"样样都差"的"傻姑爷"。再说冰心，她的才华，曾遭张爱玲不屑；她的相貌，亦遭苏青吐槽。这对夫妻患难与共、白头偕老的爱情，却令张爱玲和苏青羡慕。冰心和吴文藻的婚姻告诉我们，长久的爱情，其实就是抱朴守拙、不嫌不弃、坚持到底。

　　爱情不是互相征服和斤斤计较，而是不求回报的相互关心和理解。真心相爱，即便是手捧一串鱼目，也胜却珍珠。发自内心的关爱，未必需要过多的金钱粉饰。无论多忙碌，彼此亟待对方帮助时，互相倾心鼎力，再疲惫的身心，也感觉如虎添翼。日子再烦琐，能记住彼此的生日，即便没有玫瑰烛光锦上添花，互相陪伴吃一碗鱼汤面，聆听一句"生日快乐，健康长寿"的祝福，心头也会涌起满满的幸福。

　　有心爱的人相伴，不管身在何处，也如沐春风，临敌无惧。记得《天龙八部》里，西夏选驸马，当段誉被问到"平生之中，在什么地方最逍遥快乐？"他答道："枯井底，污泥处。"我确信这是段誉的由衷之言，因为他在那里得到了真爱。

　　人生如花却非花。我们的繁华之期，大都奔波于流年。即使不能朝夕相伴，也要把爱情当成能量互补，爱彼此的优点，包容彼此的缺点，风雨兼程，互相支撑。在外面受了再多的委屈，回到家能得彼此抚慰，内心再多的郁闷也会烟消云散，眼前无论是春兰秋菊，还是风霜雪雨，也会珍惜成诗。

彩云之所以追月，因其明白，山是其故乡，而非其归宿。月能成为云的归宿吗？云对月的爱，能确保风雨无阻、初心如一吗？痴情的执着，在于既相爱，莫相弃。月终究不如云想象的完美，也给不了云想要的结局；而云，也有自己的个性，亦并非月想象的单纯。我相信，云和月决定放弃彼此时，耿耿于怀的莫过于，不是不曾相见，也不是不曾相恋，而是遇见了，得到了，幸福和浪漫却稍纵即逝，彼此再也回不到过去……

通常，熠熠生辉和婀娜多姿的美，只宜远观。纵然相思成疾，一旦落到实处，看清真相，往往是遗憾替代惊喜。若是在遗憾中仍然不嫌不弃，坚持到底，才是传奇。若是两者都执着于追求完美，甚至遭遇蒙骗，且彼此互不迁就，再惊艳的相遇，也终将如云和月一样分道扬镳。

不提云和月，我们还看人类。泱泱华夏五千年文明史，也只诞生一两位圣人。即便是孔圣人，亦留下"唯女子与小人难养也"的感慨。若是穿越到那个时代，抑或孔夫子活在当下，我们如何界定其情商，如何与之相处？如果人人皆以圣人的心态要求对方，天下岂止一位孔圣人！

明知这个世界不完美，明知自己也不完美，我亦曾经不可思议地渴望得到一份完美的爱情。事实上，没有零距离的相处和了解，我们总被一些假象蒙蔽。历经失败，饱尝遗憾，似乎才明白：渴望这样的完美，其实像孩子一样幼稚。有些愿望终究是愿望，那些无法相处的美，终究不适合自己，也未必感觉踏实。

审美疲倦，连带对未知的好奇，使我们习惯于忽视和忘却身边的美好，而把远方，抑或无法抵达的彼岸，当成完美憧憬。事实上，不尽如人意的人生，更多的是相见不如怀念。

二

去年某个夏夜，于紫金大戏院，我们重温新杂剧《梧桐雨》，看到唐明皇以一腔痴情哭像，哭尽画中人一去不复、任其孑影对窗的凄凉；哭诉"沉香亭畔回鸾舞，长生殿内乞盟娇"终成回忆。任是他"半襟情湿鲛绡把人哭倒"，"秋雨和人紧厮熬。雨湿寒梢，泪染龙袍，不肯相饶……"我却怎么也无法可怜他！

难道是我无情？君子一言，驷马难追。何况君无戏言。"你我天南海北、死死生生，都在一处。"何况这是唐明皇在沉香亭畔为心爱的妃子许诺的山盟海誓。因此，在危难之际，痴情的杨玉环以为唐明皇舍不得赐死她，肯定会救她。孰料，她最爱最信赖的三郎却赐她白练一条，了结她活生生的命！

眼睁睁看着舞台上的杨贵妃被唐明皇赐死，充斥脑海的却是唐明皇"死死生生，都在一处"的山盟海誓……教我情何以堪！杨贵妃与唐明皇的爱情之所以传唱至今仍令人唏嘘，也许正是因为这是一场人为的爱情悲剧。若是唐明皇不赐死杨贵妃，抑或杨贵妃遭缢马嵬驿，唐明皇没有无限思念和悔恨生发哭像情节，他们的爱情会成为千古绝唱吗？

古往今来，纵观不胜枚举的爱情悲剧，原本可以避免，为何偏偏反复上演？有的爱情，曾经追得轰轰烈烈，爱得惊天动地。譬如我一朋友，曾经以为其恋人是天使在人间，曾经追到天涯海角，曾经把这场爱情演绎到倾城皆知。大家都以为他们会成为当代罗密欧与朱丽叶，抑或杜丽娘和柳梦梅，岂料"十年一觉扬州梦"。这对才子佳人如今落得彼此形同陌路，甚至反目成仇，老死不相往来。

我相信，这绝对不是天意，更并非受迫于江山社稷，到底谁背叛了谁？谁辜负了谁？当一切都成故事，生命也已步入秋季，他们都选择把那一场春梦封缸隐藏，个中原委和遗憾，只有他们彼此最清楚。

反之，有的爱情，当初不被看好，甚至彼此并不相爱，却能白头偕老，一如我老爸老妈。在那个唯成分论年代，根正苗红的老妈相当于被人骗上"黑五类"老爸的"贼船"。知道真相后，老妈也曾有满腹怨恨，最终选择与老爸风雨兼程。印象中，他们几乎天天拌嘴，如今白首相看，却不再相嫌相怨，而且升华到谁也离不开谁。

　　到底什么是爱情？老爸老妈的答案不约而同："少年夫妻老来伴！"

　　琼瑶写了一辈子爱情小说。曾经有人问她，最向往什么样的爱情？她指着路边一对携手漫步的白发夫妻说："这就是我向往的爱情。"

　　我之所以对这句话耿耿于怀，正是因为孑影漫步街头时，看到类似情景，尤为敏感。蓦然回首，那似梦非梦的浪漫和幸福，恍如隔世，总也难忍伤感，难以释怀。悔恨不完美的自己，为何要追求完美；悔恨编织梦想时，为何不看看现实……

　　还有一些爱情，在当代离异率中，几成通病。这种症状，一部分类似于现代版"陈世美"，也有一部分如翻版的《马前泼水》。引用当下流行的结论：共得了患难，却共不了富贵；抑或共得了荣华，却共不了患难。

　　是我们都不懂教训、不懂爱情，还是不再相信爱情？至情至爱、生死相共的人在身旁，为何总觉得配不上自己，继而滋生无足轻重，甚至可有可无的念头？为何总在失去后，才发觉无可替代、不可或缺？殊不知，一挥手，一转身，便是天涯，便是一生。任是悔到思念成灾，再也回不到从前！

　　有些爱情，也许起初美如彩虹，灿如烟花，一旦落到实处，却经不起烟火岁月的浸泡，最终如彩虹一现、烟花一场。如花美眷，敌不过似水流年。月华满地，不及枕边有你……

　　以为人生很长，长到看不清梦的尽头。回首打量，一生芳华宛若一季芬芳，又何及一季芬芳？花儿凋谢，来年尚能再开，人生芳华却只有一季。任是姹紫嫣红，芳菲弹指可破。从三春到三秋，恍惚之间。

　　谁记得前世，谁见过来生？错过一季，便错过一世。看透了人生，读懂了爱情，咫尺天涯也只是一念之间。很多时候，离不开，并非不想离开；放不下，并非不能放下；不想解释，也并非无法解释。

　　有意念左右方向，注定我们无法停止明天的欲望。男人向往红袖添香，举案齐眉；碧纱待月的女人，何尝不渴望剪烛共窗，琴瑟和鸣……你的周遭，处处感受到妩媚的诱惑；我的眼前，何尝没有执着的橄榄枝。

　　很多人偶遇福布斯富豪排行榜上的男人，或者胡润女富豪榜上的女人时，激动得如遇神仙，若中巨彩。此生，我钦佩但不羡慕这些所谓的富人，但羡慕文坛佳偶汪政和晓华，艺坛伉俪张弘和石小梅、柯军和龚隐雷、陈明矿和陈澄……他们由一见倾心，到相濡以沫；从青葱芳华，到满院桃李，不仅执手漫步花前月下，也携手购买油盐酱醋，比肩坛坫，相辉玉帛。

　　偶尔浏览微信朋友圈动态时，看到汪政和晓华伉俪那些寻常而又非同寻常的恩爱动态，内心泛滥的羡慕胜却钱塘江涌向南星桥的百丈高潮。为此，情不自禁搦管一阕长调《金缕曲·慕汪政晓华伉俪》：

　　比翼齐肩舞。若仲姬、相濡子昂，烛窗同赋。咫尺天涯同枕梦，携手文坛同步；风和雨、兰舟同渡；偕向山头云作伴，月同行、斗极犹同路；执玉管、霞同蠹。

　　一蓑烟雨同甘苦。沐清晖、光风同享，霁岚同睹。乳燕栖廊同喂哺，采菊东篱同茹。同忧乐、同思今古。理发文心同著说，对斜阳、无憾朝和暮。共夕照、同归处。

　　呜呼，此生若能修得类似情缘，我不求三生三世永相伴，修得一生一世，倾心倾力相珍相惜，白头偕老，足矣！

三

某次，听几位同学侃侃闲闻。讨论的主题好像是"爱情的最高境界是什么？"认可率最高的两个关键词是：心疼，相伴。

日新月异的科技时代，创造了种种神奇，也衍生了种种压力。我们的生活并非想象的容易。我曾经采访过不少职场强人，看似表面风光，敞开心扉，几乎颗颗心脏泪滴斑斑、伤痕累累。无论男女，一个人的能量终究有限，所以都渴望从爱情中获得能量互补。这个能量就是心疼和相伴。渴望对方心疼和相伴，是人在脆弱时发自内心的本能，也是对爱人的信任。

换而言之，与爱情相关的成分很多，温柔可以伪装，浪漫可以营造，美丽可以修饰。发自内心的心疼，才是最原始的情感；自始至终的相伴，才是最踏实的爱。

对于我们而言，什么最重要？佛家言：它既不是你失去的，也不是你尚未得到的，而是你正拥有的。一切都是最好的安排。佛意由来"只可意会，不可言传"。

没有参透禅意，我们似乎都还没醒悟，彼此都还在为各自的梦想执着。即使没有"山无陵，天地合，乃敢与君绝"的山盟海誓，你知我是谁，我知你是谁。若是你改变梦的方向，初心不复，甚至把爱情当成博彩游戏，嗜赌成瘾，忘了我是谁，也忘了你是谁，我又何必坚持你是谁。

遗憾莫过于，我们未等到白发如雪，心已不复从前。当你顶着爱的名义，漠视我在风雨中挣扎，抑或把我当作一隅不复热衷、弃之不甘的盆景，使我坚强到不再指望你。如此爱情，是否还有强求的必要和存在的价值？即使隐忍一生，断然不会渴望来世……

从望眼欲穿，到心如止水。非是无情，不是蜕变，而是看惯误等东风的落红，已习惯孤芳自赏。经历无关成败，都是经验，亦是历练。在痛苦后释然，一如蝴蝶破茧的过程，在自我挣扎中，破茧而出，意志和心态，自然会发生改变。

天若有情天亦老。说服自己将目光扯出自己的天地，去感受前人"山有木兮木有枝，心悦君兮君不知"的无奈；去体悟别人"我本将心向明月，奈何明月照沟渠"的伤感；去品味"相思本是无凭语，莫向花笺费泪行""欲把相思说似谁，浅情人不知""人生若只如初见，何事秋风悲画扇"……

提醒自己，此事古难全，何必执迷不悟，重蹈别人的覆辙。在心境尚未完全禅化或者苍老前，仍然坚持守住诗心，坚持左眼感受人生，右眼诗化人生时，把禅意当作第三只眼修炼。以适时的灵感兜住电光石火般的诗句，慰藉自己，也祭祀岁月。譬如这首《记住梦的方向》：

纵然看惯风轻云淡／依然未放弃／地平线尽头／彩云深处的遥想／／将一袭笑靥呵护成／风雨不凋日月常灿的花篮／捕捞撒网的惆怅／俯拾与残阳同血的希望／／暂时，或许无尽的明天／只能于隐隐恻恻中等待／花开的声音／纵然错过／／相信那个方向／总有一天／星光会抵达头顶／流连我的渔舟唱晚

即使是风卷残云后的暮春，茕茕孑立、踽踽独行于黄昏，也会以亦诗亦禅的心境口占一首《黄昏漫步有感》：

轻霾似粉纱，举目遍烟霞。
雨后春泥软，莫非惜落花？

若是偷得半日闲，携带一份诗情登上望海楼凭眺，舒展灵感的触须，即情吟哦一阕《苏幕遮·戊戌年春登望海楼有感》：

海东移，楼未老。犹对沧浪，犹盼歌飞棹。不管阶前风悄悄，但信东君，但信烟波晓。

梦殷殷，何了了。潆潆深情，缱绻湄边眺。如一初心由昊昊，任是帆遥，任是吴陵好。

子曰："诗，可以兴，可以观，可以群，可以怨。"以诗遣愁，古来有之。无处长啸的日子，效之而行，以诗释怀，果然见效。自己一度痛苦不堪，自感疑患忧郁症。自尊使然，无法对外倾诉，于是把文字当知己，剥茧臞瘦的诗心，果然愁绪渐减。譬如一首《无题》：

山盟虽在了无期，帘卷西风泪隐诗。
若得三生倾一世，涅槃信不为情痴。

越过人生的雨季，携带走出沼泽的诗心远行。漫步在凭借改革开放第一缕东风创造奇迹的深圳街头，庆幸尚未麻木的诗心犹能与时代一起澎湃，喷薄而出一阕《沁园春·改革开放40年看深圳崛起感怀》……

习惯了某些指望都是失望，自然越来越适应独对一切。如此，也许有"举杯邀明月，对影成三人"的凄凉，相信心和梦一起醒来，坦然面对窗前的飞鸟，把每一次相遇，当成岁月静好的享受，想象着沈从文"从早上极静中闻鸟声，令人不敢堕落"的理由，自己也能坦然在馨香缭绕中反省，在漠漠慈柔中释怀。或许某一天，终会相信：浮生若梦，一切都是过眼云烟。幸亏有这些诗文记录梦痕、祭奠流年，留给儿孙，也可作为临床经验分享给同病相怜者。

若是救赎不了执迷不悟的身心，不如妥协。认清梦想，看清似是而非的日子，与现实和解，并非懦弱，亦非失败，而是饶过自己，善待自己。既然无法左右，强求不得，不如放手。成全他人，也是尊重自己。倾心倾力投入过，便无悔，也无愧。不管结局如何，所有的经历，都是情感与经验。爱过，总比错过好。

若得三生倾一世。不异想天开，也不妄自菲薄。若梦犹在，倾心倾力到梦想成真，依然初心如一，极尽呵护。若是遭遇背弃，以无悔的经验告慰自己，所有的过往并没有虚度；若是遭遇夭折，以满腔深情为之写一首悼词，不管是否成为千古绝唱。然后，调整心态，重新扬帆，携带满满的回忆上路，为自己而活……

今夕何夕？知非之年矣！感动于晨曦中醒来，打开微信即收到儿子的祝福；感动于月亮漠不关心的日子，幸有太阳珍视……据说这一天也是母难日，感恩父母，但身在异乡，身不由己，只能在电话里一如既往的报喜不报忧。"今天很热闹，整整一桌朋友为我庆生……"挂了电话，五味杂陈的泪水便滚落到唇边。

孤灯残月下，依旧"对影成三人"。酩酊的灵感一如海啸，胸中块垒便在翻江倒海中倾泻……纵然如谵言、似梦呓，决定保留下来，只希望自己于某天真的完全清醒时看看，我在懵懂状态说了些什么。

唤不回东风，留不住流年。所幸，路还在脚下，梦犹在招手。感恩生命中的每一种相遇，感恩一路拥有或淡或浓的爱，感恩生活给我灵感，感恩阅历给我思想，感恩世界如此精彩！

生命的精彩能够覆盖悲哀、麻痹痛苦，真好！

己亥年己巳月甲子日
写于海陵生境斋

目　录

第一辑　　不须山盟（新体诗）

似梦非梦的日子　　002
守住梦里的棱角　　004
心寄，三月的雪花　　006
只有这样　　008
我是不是石头　　010
寄一只瓠瓢　　013
如此　　015
牌坊无砖　　016
记一袭梦影　　019

暮春，醒了我半生的思维　　021
一樽陈酿　　024
望冻　　025
习惯　　027
仰望一只竹凤　　029
曾经，我是那么喜欢阳光　　031
骊歌弥梦　　033
难猜难度　　035
彼岸，有我们向往的湿地　　037

与幸福无关　040

纯粹是氢气球　042

秋天，不会是空白　044

怀念一场无关虚实的雨　046

启明星　048

真情不会流浪　050

似是而非的日子　052

换一种思维设想　055

驿路梦痕　057

守住灵魂的季节　059

日子，犹道具般的洋葱　061

一个人也能地老天荒　063

乌龟　065

致一方热土　067

相信太阳　069

远山不远　071

记住梦的方向　073

不须山盟　075

谵言　077

别向往太阳背后　078

梦的海上　081

岛在你足下　083

夜阑独白　085
在梦的边缘　087
坚强　089
为梦把脉　091
何处是归程　092
无法隐匿，也无法表白　094

第二辑　锦瑟自鸣（散文诗）

为衣兜充电　098
面对春汛　099
白天·黑夜　101
愿爱是绳　103
蝶恋花许　105
又是花好月圆　107
天凉好个秋　109
水是无情，却难忘情　111
独享清欢　113
坚持在这一条路上　115
生命的季节已不需矫情　117
夕阳　119
劫后余生，便是重生　120
别捅破这层纸　122

为自己设置一个高度　124
雨夜的女人　126
拽住不谙世情的灵魂　128
祝你幸福　130
我们不是天和地　132
即便不甘承认　134

第三辑　独上高楼（格律诗词曲）

日常　136
乙未秋冬偶成（五言）　138
十问东君（七言叠韵）　139
人走天涯，诗寄天涯（七绝）　141
诗存泰州（七绝）　148
若鸿立雪，题花吟草（七言）　152
壬午春咏　155
感秋（七言）　156
夜读有感（七言）　157
杂感（七言）　159
禅心梦意（七言）　163
丁酉春咏（七言）　164
戊戌中秋感怀　165

丁酉春栖居太湖西山岛有纪　166
人在天涯，诗寄天涯（五律）　168
人在天涯，诗寄天涯（七律）　170
诗存泰州（七律）　174
夜读有感（七律）　177
杂感（七律）　178
且行且吟，咫尺天涯　181

碧榆园有思（代后记）　189

第一辑　不须山盟

新体诗

似梦非梦的日子

邂逅那样的意境
仿佛一个传说
更像一幅国画
以怎样的言辞表述
我调遣不出
接近你的刹那
是怎样的一种心情

打开心底的盒子
颤吻,泪痕斑驳的梦境
早已尘封的心悸
奇迹般触醒迎风蠢蠢的生动

耳畔没有春天的鸟鸣
与玫瑰类似的词语
纷纷睁开眼睛,久久地
我踟蹰于这条无头无尾的征途

觅不到你以往的足迹
两侧却是属于你的沃野

迟到的惆怅是说不出口的痛
抽刀砍水般，转身
移步的刹那，为何让我
发现你动态的目光，在阳光下
燃烧成玄妙的油井
喷着我隐匿了一个世纪的火种

感觉掉进了水天一色里
落霞与孤鹜齐飞的黄昏
我却幻化不成你明白的剪影

在痛苦里幸福
在幸福里痛苦
我将人世间常祷的祈愿
一次次放逐
一次次追回

于每一个深夜，在泪光中自问
明天的时光，在我们的足下
会犁出怎样的纹路和田垄

守住梦里的棱角

沙漠的无垠
已不在乎是圆是方
但他炽热的情感
却为绿草烤枯思念的眼泪

经验告诉我
也许爱情也崇尚圆
既然棱角多厄运
双足逃不脱姻缘的围墙
就委曲求全于血缘与情缘的撞击
将忽明忽晦的往事
封锁成海

历史遗留的伤痛
也许永远如菜圃韭根
疼痛只能在
割了又长长了又割的意念上

洒一层止血的吗啡

任曾经一刻的心颤
在不尽的晓风残月下
悄无声息地袭来
将匿藏的棱角
扔进海一样深的梦里
把眼泪整个儿地抛进涟漪
为自己哭一场美人鱼的
葬礼

次日的阳光
洒在粉装淡饰的脸上
谁也不会注意

心寄,三月的雪花

桃花盛开了
皑皑的你能不隐避

是回归天堂
期盼霜降
还是借栖北极
等待回访

皎洁的天使啊
满目粉红嫩绿的日子
热恋的,我还是你

周而复始的季节
又逢路上行人欲断魂了
桃花在用三月的细雨疗伤

你明白的,我

是将窗户打开
湿一身情怀

还是关上门窗
锁住梦扉
沉浸，你留下的
永恒而又缥缈的温馨
营造安详

只有这样

我无法不上路
设想着梦的方向
无论踩着月光
抑或自己的影子

将亲手刺绣的盖头
折叠成寻常的头巾
在白天和途中
遮挡风尘也抵御雪雨
同时也屏蔽好事的目光

家的温馨
俨如晨风曾经吹过的水彩
屋子的依恋
早已习惯成梦醒后的痛

唤不回东风

留不住梦影
只能，坚持在这条路上
坚持梦的方向

孤灯残月下
头巾从头上移到手中
挥却尘埃
复拭眼泪

灵魂的储仓
已被遗憾塞满
我只能把后悔连同自尊
钉进跋涉的鞋底

没有你的祝福
也没有你的骚扰
一路感受的风景
是胜却温饱的慰藉

窗台上的花瓶
不管你会否保留
我依然会裹着，这条
绣有你名字的头巾

我是不是石头

生来不飘逸
煽情的芬芳
因此，无人说我是花
虽然，生活在花丛中

不否认
温馨的夜晚
以及人影骚动的日光下
我也爱淡淡的清香
留恋于肌肤
排斥浊气的偷袭

通常，走出梦扉后
哪怕浓雾笼罩的晨曦中
在迎来送往的目光里
我是一块不透明的
石头

哦，石头
竟然忘了何时
是什么样的遭遇
使我决定
伪装表层的纹理
隐匿内心的温润
还有不肯泯灭的渴望

忘了何时起
我成了一块不方不圆的
路人眼中的寻常石头
宛如一颗不起眼的
鹅卵石

就做石子吧
在周遭嫉妒横生的目光
和无事生非的影子里
不用担心，有五花八门的心思
涌来琢磨

清醒着，在大自然的怀抱
我还是一个生命
甚至有坚硬的骨头
在招摇来往的，真假难辨的
貌似高贵的人面前

我貌似不解风情的漠视
不管是否
令他们无奈
抑或嘲笑

起码能减少无端骚扰
为了固守这份干净和清静
我会一如既往
坚持这种生存方式

无须东君作证
风霜雪雨中，感受着
大地的不离不弃
还有阳光的斑斓
月光的皎洁

坦然在时光对面
像所有的生命一样
我也会苍老的
乃至被风化

那一天
我会否流泪
为有一双目光
始终否认
我是一块石头

寄一只瓠瓢

弱水三千
你是我画壶生津的慰藉
不管能否饮到

纵然一生咫尺天涯
纵然错过雨巷和雨季
纵然没有长亭接短亭
依然行行复行行

即使身陷无垠的荒漠
双足，从未
因骆驼的哭泣而停

不堪回首
不堪估量
也许坚持到最后
呈现眼前的是

一只镂空的枯萎

抑或一场幻觉

依然感谢你

给予我越过荒凉的信心

如此

以梦当烛
燃一盏不灭的灯
守护并恒温
你留下的目光

让沉寂的心扉
封锁你若梦的笑靥

将人格和思想的巍峨
连同爱情的责任
征服揪心的矛盾

那一个
惊心动魄的回顾
搅动的涟漪
怎能分分秒秒做到
平平静静
坦坦然然

牌坊无砖

明知不堪回首
依然千万次回眸
望穿秋水
看不见前世

三生石上
梦里梦外将秋水望穿
也看不到来生

身无彩翼
能否以百转红尘的执著
改变前程

夹在命运的缝隙里
整整两个季节
衣带越来越宽
如掉进深潭的蜗牛

仰视悠远的苍穹，奈何
掠过头顶的鸿雁
从未向我张望

太阳看不到的泪痕
月亮会否心疼
挣扎了一个世纪
爬出生命的沼泽
头昂了又昂
脊梁依然不堪重负

原来，那尊石坊
嵌满母亲的目光
连同无眠的良知
牢牢地，压在背上

愧对于纠结的灵魂
更推脱不了
不负疚于每个人的
责任

目睹过太阳下的白云
黑夜里都变成了雾
由人轻抚，而同情蓝天
居然被白云欺骗

爱无罪过

却总是伤害无辜

但思念，寞寞落落的思念

不会令别人痛苦

想象每天的母亲

捧一炷香，在菩萨面前

为儿女祷祝

心，便像祖母一样

却不是为了

在贞节牌坊的魏刻里

千古流芳

记一袭梦影

你从晏殊的小令中走来
走成墙西宋玉的倜傥
更似桃花庵主的模样

芬芳满地的季节
你临风而立的身影
我只睇一眼
便惊醒了隔世的记忆

渴望的羽翼昼夜疯长
梦里梦处，我多想
脱下禁锢双足的革履

庄蝶般的梦境里
向你飞翔的双翅
却背不动心灵的枷锁

定格我梦境的身影啊

在时光的隧道里

我只能拖着沉沉的负荷

向你跋涉

但愿风月能眷顾

执著的足迹

暮春，醒了我半生的思维

总是在这样的时节，敏感地听到
啼血的鸟鸣拔节销魂的月
没有三月的清明酝酿时梅的雨
缱绻的藤蔓依然疯长
又一个夏天的葱茏

惆怅于所有的美丽
终究被烈日吸干水分
芬芳也逃不脱风化

以为，魂和魄只属于
千百年未改变基因的人
一次次用凡心与蒙尘的眼
默读无言的星空
却永远读不懂它的谧和痛

以为，茧里的羽翼丰满如初

终究会修炼成涅槃的凤凰
却忽略了一切真假难分,打破常规的年代
越来越没有人关注,固守在真空的词

暮春,醒了一窗的鸟鸣
更醒了我半生的思维

顶着它延伸的光影和焦渴
恍然发现自己
像沙漠边缘的骆驼
像饮了一桶葡萄干红的绵羊
像被《诗经》火辣辣的嘴唇堵紧眼泪
又被《圣经》浪漫的温情抽空了身躯
……

忽然明白,梦寐以求的那片森林
一如农人渴望的十月
在收获的田野,其实没有骚动
只有九月的雁群掠过头顶
在一只又一只过后,却定格不了
以为只属于我的那一声鸟鸣

裹着弥漫兰香的羽纱,终于决定
发表一些隐匿一半给梦的诗

潮汐的喧响里

依旧是阴晴圆缺

依旧是悲欢离合

依旧是枯荣轮回

像，麦子期盼守护

锁眼期盼启锈的，心愿

却多了一份宿命

少了一份憧憬

一樽陈酿

总不敢将你品尝
举目可及的格架上
你的精致
深深地感染着我
谜一样的内涵
多么令我神往

揭开封盖
你一定会将我灌醉
酕醄之后
有几多痴
就有几多悔

不——

让我就这样
永远，永远
对着装帧完美的你
于梦里梦外陶醉

望冻

这是易燃的季节
归鸿过后的野火
在烟雾里绵延不绝

我隐匿了火柴
心，整颗心
躲在岑寂的高阁
依旧在流浪

一如不分理由的固守
为一方空旷的荒原

天，不谙世情的天
为何让我发现，天姥山脉
无岚无雪覆盖的神奇魅力

被五谷炊烟熏泽的血肉之躯

涤不尽尘根
注定超脱不了

理智反馈的信息
携夹着无情的传说——
这个领域的天空
都是烟花
灿烂一朵后
盼望下一朵

半信半疑里
愈来愈渴望冰霜
将满腔的燥热冻僵
任遗憾的泪水
把刻骨铭心的巍峨
潮湿成永不灿烂的烟花

捂着梦里梦外的痛
缚一个无望的茧
留一隙血泪凝固的天窗
直到地老天荒

习惯

明知渺若云岚
孤灯孑影下
却习惯将那些词语
重复千遍万次
明知结局如梦
晓风残月下
却习惯将那份隐痛
痴凿成无字残碑

明知生如夏花
只能灿烂一季
守着日渐枯萎的枝丫
几近失色的容颜
依旧将一脉骨气
定格成习惯的姿势
抵挡浊气的侵袭

守过阴晴圆缺
梦过悲欢离合
固守的习惯却不知
变迁的时代
正在抛弃，一种
濒临灭绝的习惯

仰望一只竹凤

习惯了默默仰望
簇簇人头袅袅炊烟之上
一只竹凤
被引线牵着，于
苍穹的腹部翱翔

梦里梦外的张望
感觉自己俨然一只青鸢
展开的双翼，以为
拥有鸿鹄的力度
使尽浑身解数
却扑腾不出燕雀的高度

你羽翼下有一根铜丝
用你锋利的牙齿咬断它
白云发出友善的提醒
扯痛的灵魂，透过

莹莹泪光发觉，那根细细的铜线
果然，依旧缠在牢固的桩上

无论桩的坚持
出于何种目的
咬断的代价
必定是两败俱伤
既然挣扎无济于事
就躲进一隅随缘修炼吧
保持仰望蓝天的习惯
纵然竹凤不复
也能提高视野的境界

曾经,我是那么喜欢阳光

梦里一个影子
梦外一个影子
重叠成十字路口的黄绿信号
迷乱中摘两片树叶
遮住目光

叶子后面的泪水
洇绿了心田
也模糊了那堵斑驳的牌坊

掉进影子的思念
水银般注满日子的缝隙
藓苔般疯长,无辜的植被
滋生地表无法愈合的疥

阳光下的笑靥
一如牧场挤奶工手中的乳头

以麻木不了的疼痛
打发汩汩的丰收

于是渴望天天下雨
失态在滂沱里无须担心
在别人眼里，这满脸的水珠
究竟是雨还是泪

骊歌弥梦

我不知道
三月的黄花，是否
已改变了那座大桥
知否，此刻
月下的驳岸
正独洇着雪山深处
如期而至的潮

深谙真情不会流浪
可你起航的风景
一夜之间，仿佛
黄鹤楼前的手
挥落了我浑身的羽毛

我不是候鸟
但也渴望沐浴
林岫的绿风

江面的晓岚

你的轻舟，不会
在两岸的猿声中
承载孤影独樽
也许满舱的欢声笑语
正灿烂你无愁的旅程

此刻，你肯定不知道
我的声带充满哽咽
那首骊歌一如无序的呢喃
徘徊在我的梦里梦外

此刻，你是否留意
残阳又西下了
如血——
驿桥下潮也红了
驿桥上泪也红了

难猜难度

一种美
如出水芙蓉
渴望将人类的本性
真实地舒展
淋漓地释放

这种生命的脉管
即便是草芥的命运
哪怕进入枯萎季节
也渴望风雨激越
亦向往波光潋滟

谁敢保证
六月的水面
粼光烁烁的形容词
不会因拥有水底的绿藻
向头顶的白云炫耀

谁知道
风霜过后
这奄奄一息的美丽
在弥留之际,发觉
曾经极尽婉约豪放而多情的水
却退潮而去
面对流连相依的蜻蜓
它最后一滴泪
为谁而流

彼岸，有我们向往的湿地

看过穿越星际的电影
熬过沥血的日子
成串的回忆和憧憬
埋植进似是而非的生活
沧海一粟的生存思维
越来越不敢
遥想地球和宇宙

依然想我们的故事
不愿想，偏偏情不自禁地想
想起这似梦非梦的一切
就想起珍稀古怪的麋鹿
这旷世难言的感觉
一如说不清虚实的梦
该追溯到哪朝哪代

以为今生已无法改变生存方式

心空布满秋的萧索
眼看大地都凉了
荒野上破絮飞飘
树桠间挂满铁锈

以为心中的马车
早已滑进冰封的海底
在别人之后，在苍老之前
谁知奇迹竟然出现
一如认为只能面对化石的时代
麋鹿竟然跨越太平洋
回归它们的祖先没有留下预言的桑梓

我们都发现了月亮
甩掉云纱，跃入江海，坠碎坚冰
使流水的乐音惊动春天
仿佛一切在冬天的尽头
着陆，返青

夙愿像发酵千年的糯米酿
无法澎湃的心
胜似被风霜麻木的天井
守惯了青苔斑驳的墙
迷雾了滢滢目光
却跳跃不出亢奋的气息

借助阳光的精神和月光的勇气
投入连绵不绝的潺潺水流

左岸，弥弥湿地正生动着麋鹿的奔腾
右岸，一衣带水的夭夭桃李稍纵即逝

这千载不复的恩赐
应该属于我们的
但它不是
在这个一切需要争取的时代
因为我们都选择了
将命运交给上帝

与幸福无关

满月难以圆来
上弦月的亲情
和下弦月的爱情
一如炊烟,升不起
家的饱和

袅起的心思,凝成一泓叹息
流过暮春的落红
渗过险些搁浅的荒漠
依然滋润霜雪后的嫩绿鹅黄

潮的起起落落
总会涌现,惊心动魄
气荡山河的壮观,和
九霄流瀑的跌宕

美梦只能在黑夜里

潺潺涓涓
抑或浩浩荡荡
肆意流淌

任是阴晴圆缺
不管沧海桑田
明知愿望未必能成就梦想
这梦依旧小心翼翼留着

若能滋润意念
就这样流下去吧
希望它在我的心田
就这样，永远，永远
即使瘦了昆仑，凉了长江
能收拢毕生的泪水
何言凄美
何谈悲壮

纯粹是氢气球

松不了手
我没有试过
一刻也不敢

以又痴又累的纯粹
小心翼翼地守护
还要提防
浊气的侵淫

纯粹的色彩
高山流水般
闭目也能感受
岚气缭绕的壮观
和鸟语花香的斑斓

可是，好空
渺远的空

拽着一根坚信纯粹的绳
拢来隔山灯火
一如水中明月
温馨成一幢幢海市蜃楼

一道道灿烂
一幕幕缱绻
宛若非虚构文本
谋合偏执的记忆
无章法地涂抹苍白的人生

不能放下
不敢松手
梦里梦外的风景
以为握在手心
其实无法走进

秋天，不会是空白

这艘船才刚刚起锚
突然遭遇冰冻
一舱爆冒的绿芽
经受低温的煎熬

是春天没有完全醒来
还是搞错了季节
不忍臆测
不敢打听

包藏起惶惶不安
让耐心坐于
梦的田埂，屏息等待
思维的手指
依然敏捷

意识没有忘记

榴莲和玫瑰都长满刺
不小心的拿捏
手指也会弄伤
相信痛苦
也是灵感的产床

永不放弃
不管春天会否醒来
手指是否还流血
即便秋天四野苍茫
坚信不会是空白

怀念一场无关虚实的雨

喧嚣和天籁
宠辱与忧伤
一概排斥在帘栊之外

火焰蹿出秋波
一步一步升腾
一寸一寸靠近
山的巍巍和藤的缠绵
恍若隔世的重逢
瞬间升温合二为一的灵魂

呢喃的吮吸在柳枝般的指间
摩挲成复苏雪原的游蛇
渐而驰骋成三春的骏马
源自大地深处的潮湿
氤氲着马儿的燥热山谷的渴望
酥酥的鬓须绵延峰谷的起伏

使忘调的吟哦尽成颤音

汩汩流韵的幽谷
感应到马蹄的驻足
已然挺拔成一棵白杨
连根带须植进，地表底层
深入无限更似拥有一切的酩酊，犹如
印第安人留在纽约栗岭瀑布洞的火种
律动成水火交融的神奇

当尖锐的力量越来越强大
磅礴的气势俨然排山倒海
空灵的支点应和着默契
漾起山水一色的空濛
谁也没听到惊心魂魄的雷霆
疾风骤雨却呼啸而来……

滂沱而淋漓
荒芜日久的原野
终于音韵袅袅，细露莹莹
覆盖了所有的空白

马儿倒下了
幽谷若泉
两朵火焰，温润成
一江春水

启明星

月华泛晕的时候
我认定那一方
认定那最亮的一颗
是你
灵与性迸发的光芒

云雾迷蒙的时候
我认定那一方
认定云纱岚缦深处
你在
闭目修炼

曙光微熹的时候
我认定那一方
认定那独一无二的一颗
是你
默默注视着我

定格的灿烂啊
于广袤寰宇
虽如葡萄灯盏之明灭
但你是我一生
仰望的动力
迷恋的唯一
诗心的栖所

假如，有一天
你陨落
仰望那一方燃烧的光痕
我除了把你痴守，回忆成
一窗泪
封缸酝酿成千古遗憾的
一阕词
我再不信天上有恒星

真情不会流浪

彩虹可以劝住
苍穹的忧伤

诗词可以借助残月
游离流浪

冥冥渴望中
思绪细嚼着历经沧桑的
悲喜，怎能
凭风中一粒尘沙
雨中一道闪电
将真情遗忘

心扉
任由风雨的侵袭
纵然有缝有隙
感情的挂锁

从未因
春的依恋，秋的无奈
生锈迷茫

可知
月下的贾岛
拾阶苦思，推敲
缺何

梦的形状会变
路的方向或改
手中有彼此
心扉的钥匙
真情岂会流浪

似是而非的日子

以为缘分是思念的兑现
虔诚的渴望之后
相逢是必然，相爱是必修
不必调遣千言万语
无须精雕良苦心机

以心无旁骛的憧憬
将一袭不可复制的音容
定格成三生三世的因果
权当山盟海誓
杜绝节外生枝

当遐想的浪漫，坠落为
生活的烟火和岁月的寻常
法律也无法保障的初衷
纵然以千万种形态
绽放万千个动词

终究逃不脱落俗的窠臼

将恪守的纯粹碾碎

当失望已成习惯,终于明白

恩爱的标签,即便闪烁成

北斗七星的璀璨

依然左右不了风的惯性

更不会灿烂成通向梦扉的路灯

青丝尚未洁白如雪

梦却被现实的重锤敲醒

不须等到沧海桑田

已然屈服,缘分能相逢

未必能相守

人生恨不如初见

非关阴晴圆缺

终于相信,人心不古的年代

山海经里的山川可寻

诗经里的蒹葭犹在

人世间的爱情

除了纯粹的稀缺

一切都有可能泛滥

当似是而非的日子,瘦成

所有词汇诠释不了的诗
却唤不回东风,回不到从前
终于决定,包藏起曾经的憧憬
向娑婆红尘彻底投降
愿望终究是愿望
爱情却难为爱情

换一种思维设想

错过了
无语凝眸的刹那
诗心烙下绛紫的印记
灼痛汩汩的思念
潮涌成笔尖不竭的河流

错过了
举足可及的殿堂
命运被重锤后的挣扎
冶炼十年一梦的重生
却无法追回落差的时光

错过了
一念可及的殷实
被艰辛套牢的日子
折磨着毕生的幸福
以致梦想的跌停
……

错过的，就错过吧
换一种思维设想
生活安稳，身体健康
这是多少人的羡慕
更是多少人的向往

不许迟到的阳光
荒芜心头的晒场
不许迟到的月光
暗淡憧憬的橱窗
更不许迟展的翅膀
迷失每天的方向
何尝不是奔向
终极幸福的模样

驿路梦痕

卷糊了瞳孔
卷不住定格的意象
迢迢天籁下
任意翕张的梦扉
剪辑的风景
还有你的身影
总是如此销魂

可是我
不敢上前
不甘退出

尝尽梦断佳境的遗憾
宁愿，在梦的边缘
以不远不近的距离
追随你的身影

以夜夜湿枕
感动朝晖
收干帘栊的露雾
唯留下梦痕

守住灵魂的季节

我无法挽留
生命的季节，亦如
无法估量悲欢离合的梦
何时随月而至，趁风而去

但能守住
灵魂的季节，亦如
永远饱满的思绪
不信梦的虚幻，诗的缥缈
始终驾驭灵感的阴晴圆缺
放飞心空的明朗
也收拢漫天风雨

流着泪入梦
流着泪出梦
永远不舍弃阳光下的微笑
以及十字路口的从容

即便独自舔舐伤口
相信白发飘落如雪的日子
我，依然拥有
嫩绿鹅黄的思念
和饱经风霜的回忆
码成慰藉平生的文字

日子，犹道具般的洋葱

无法长啸时
习惯把洋葱握在手中
一层一层剥开
任热泪和思维一起流淌

直至冲垮
心牢的墙
思想飞到那方
可望不可及的草原

可以拽住风筝般的你
自由奔放

可以把春风夏雨邀到窗前
伴读秋月冬雪

可以把

柔软的鼓胀
任渴望之手
抚摩成想像的形状
……

可是，这道具般的洋葱啊
人生是如此像
又是如此不像

一个人也能地老天荒

云彩依然在蓝天上飞翔
沉如水银的痛
被抽打成,不敢破壳的蜗牛

冬眠过的心,被东风吹酥
时令般爆冒春韵的粒芽

没有预言
纤瘦的诗多了岁月的沧桑

无法阻止散落的星光
总在下半夜对峙失眠的床
回忆和憧憬
是穿透芸窗晓月的唯一抚慰

孤灯的静谧
已然憔悴成无望的守望

持久五更的亮度
却灿烂不了
梦里梦外
距离的尽头

星光和灯光依然读不懂
从左眼流到右眼
又从右眼流到左眼的泪
究竟为谁

像所有的目光看不到
面具背后的脸上
布满忧伤

像不关风月的思维忽略了
彩虹的隐现到底为谁

云朵还在蓝天上飞翔
携着一个没有诺言不设结局的
爱情故事，告诉我
一个人也能，地老天荒

乌龟

我不能卸下
坚硬的盔甲
为了我的脊梁
免遭防不胜防的
中伤

我不能将头颅
时时如旗帜高扬
为了我的咽喉
免遭防不胜防的
暗掐

我不敢将食物
随意品尝
为了我的生命
免遭防不胜防的
毒害

有史以来，众所周知

我与世无争

生命力强

但在这看似美好的人间

生存，并非想像的简单

休怪我生性多疑

非是我无端臆猜

这世界很美好

我相信

致一方热土

纳藏着我们的血汗
也饱尝我们的热泪

谁也无从指责
到底是谁辜负了谁

谁也无法澄清
到底是谁将虚伪撒到这里

当然，谁也无力逃脱
因果的报应

让我们穿越风雨时
先习惯穿越假象

昨天还抱着希望
今天已满目迷离

回首和遥望

无垠的田野啊

貌似依旧的姹紫嫣红

有几许如初

常常是一声唏嘘

叹到脚跟

相信太阳

鬓霜抽走又来
舔干所有的泪
也不会对着镜子自吻
像时间永远不肯
留下伤痕

重重挂锁下的心扉
禁锢不了，那层绿意
淡淡浓浓
青青涩涩
几近梅雨时节
石阶和墙根的青苔

相信人面桃花相映红
不是传说
何必在意猴年马月

只要生命不被霉变
意念未曾腐朽

种子,总会啄破沉寂
日子,终会抽薹

远山不远

一如阳光

触肤的快慰，亲切

不摇不曳里

感受你生机的热烈

聆听你血脉的澎湃

时隐时现里

捕捉你恬静无二的深沉

和淡浓不一的浪漫

如仰慕苍穹不惹尘埃

心仪你的矗立

从不在意

星月是否留意

大地是否睡眠

纵然沿途风光旖旎不绝

依然心无旁骛，抽笔作刀

砍断周遭的荆棘

一路踉跄着奔向你

不设防也不置疑

坚信的眼力

已丰满底气

呵！远山

再远，也不远

记住梦的方向

将那份憧憬
设置地平线的尽头
将那扇梦扉
定格成岁月的承诺

任凭目光拉得生疼
以望梅止渴的方式
自慰

由望穿秋水
到心静如水
虽然越来越不相信
奇迹的发生

纵然看惯风轻云淡
依然未放弃
地平线尽头

彩云深处的遥想

将一袭笑靥呵护成
风雨不凋日月常灿的花篮
捕捞撒网的惆怅
俯拾与残阳同血的希望

暂时，或许无尽的明天
只能于隐隐恻恻中等待
花开的声音
纵然错过

相信那个方向
总有一天
星光会抵达头顶
流连我的渔舟唱晚

不须山盟

海浪可以悄悄抹掉
沙滩上
深深浅浅的足印

秋风可以萧然吹落
枝柯间
每一枚叶子

痛苦怎能忘却
稍纵即逝的幸福
曾似阶前雨
点滴到天明

沧桑怎能删除
日月星灯下
文字的拷贝
人性的变迁

知否
东风永不放弃
满月的驿桥径口
痴守和聆听
穿林而来的马蹄
为谁

词牌格律里
无尽落红
辗作尘也守孤芳
这份执念
为谁

一任残妆对晓镜
红罗逐时新
除却巫山不是云
为谁

晓风残月下的
孤灯颤影
苦苦保留那一份憧憬
为谁

谵言

荷花凋谢，荷叶零落
藕，充实了生命之根

记忆的橱窗，总会风化
以不朽的情丝
调和饱蘸泪水的文字
编织宛如琥珀的棺椁

在阳光灯光和目光下
缤纷的意象迤逦于
诗句的气息，不管是
恢弘的深沉，缱绻的氤氲
抑或无奈的叹息

相信，永远不会是
一具木乃伊

别向往太阳背后

改变不了
透明的空间
粗糙的阳光
为一株幽兰的分蘖,挥洒
不解风情的繁杂

改变不了
东去的流水
追月的云烟
为潮汐的阵痛,诵读
柔和细腻的喧响

当越来越多的渴望
变成刺向身心的痛伤
我们自然不会再去向往
西山遮挡的太阳背后
充斥遗憾的真相

寄身娑婆红尘
宿命，注定我们
除了改变自己
左右不了外界的一切
包括最爱的人

羸瘦的胸怀，没有脂肪的膨胀
自然容纳不下过多的惆怅
何妨蹲上灵感的产床
在无人助产，也无人打扰的
芸窗下，以血和泪分娩
绵延文明的生命

我习惯称呼他们的乳名
甚至不须姓氏
在上苍的注视下
他们犹如燎原之火
慰藉我历经的阵痛

当他们看惯过多的虚伪
习惯了适应谎言
越来越明白自身的处境
已然无须认祖归宗
又何在乎做亲子鉴定

博取那无关痛痒的怜悯

我相信他们
内心有爱的能量
定会发出类似萤火虫的
自身光芒，无论何时何地
更不会否定和背弃
赋予他们光源的始祖

纵然是点点薪火
坚持行走在通向梦想的路上
即使没有令人羡慕的行囊
不卑不亢的步伐
永不践踏自己的名字
我更相信他们，终会成为
别人羡慕的风景

梦的海上

早知你是一叶飘蓬
其实，我也颠簸在浪尖
你没有明确的目标
我当然不愿妄想

这澎湃的浩渺
似乎不愿给我们泊栖的岸
黑魆魆的周遭
漩涡不时袭来

汗啊血啊泪啊
淋漓尽致吧
若即若离里
但求互道一声问候

把疲惫的身心撑住
把昂扬的桅杆撑住

前方哪怕永远在
地平线尽头

精神上的互撑
或许是我们追梦的
唯一希望

岛在你足下

默认了思念是浪尖的扁舟
为驶向那个岛
义无反顾承载一切设想

饱满的渴望
扬起高亢的帆
不测风云时不时袭来

孤舟漩进一片苍茫
遥望隐现若无的前方
意识才清醒
自己是个没有经验的水手

假设你临风守望的风景
依稀可见
却似是而非
我拖着疲惫受伤的信心

与风浪抗衡

抵达目标
哪一年
哪一月
哪一天

若是抵达岛上
我们是否还初心如一
风儿每天从耳边掠过
却不肯剧透
那无法预知的结局

我越来越
不敢问
不敢望
不敢想

夜阑独白

如果梦的演变
因东风的误诠,迫使
固守的梦,扭曲
所有的光线,乃至昨天和今天

如果梦的演变
因不尽阴影的干扰,扔下
梦扉的钥匙,否定
所有的梦境和曾经的憧憬

面对当初
不管格调如何结局怎样
始终坚持雪白守望的信心
在越过风霜雪雨
熬过十多年孤灯相伴的长夜后
决定将它血淋淋的掏出
麻木如纸地揉碎

面对此情此景

到底谁先后悔

在梦的边缘

打发每天的忙碌之后
习惯驻足梦的边缘
将双唇亲吻手心
以为还未蒸发的余温

漠漠的注视中
那扇貌似如故的梦扉
早已沾满深深浅浅的
各式指纹

风霜雪雨中
距离拽扯着目光
于梦里梦外
泅渡美的憧憬
更繁衍不尽的惆怅

迎来惊喜的刹那

以不变的姿势

跃入你的目光

却漾不起如初的涟漪

是彼此的心都归于宁静

还是我守望的梦已成牛头马面

坚强

如果我真的坚强
就不会让梦
糊上蝉翼般的笑容
在阳光下淡定
星光下沮丧

如果我真的坚强
就不会让泪
躲进平平仄仄的诗行
赊借无边风月
糊筑那一堵泥墙

如果我真的坚强
就不会在雨中
生发泪水滂沱的失态
和灵魂深处
无法驱逐的苍凉

坚强，我只能
效仿夸父追日的模样
笑对逝水流年
踏遍红尘坎坷
留下一路花香
不弃，这副行囊

为梦把脉

潜心修剪的篱笆
附着手心的温润
培植不尽的疏疏密密
从未走出目光之外
更不敢走出季节的梦园

满目的嫩绿鹅黄
相伴韵音匝地的姹紫嫣红
蓬勃诗的绿茵
斑斓词的径苔
信念植下的粒芽
也已早早抽薹

银杏落果,鸿雁归时
能否将隽永的渴望
编成璀璨如期的背篓
于云霞如锦的黄昏,俯拾
泪滴茁壮的收获
慰藉光风霁月前的惆怅

何处是归程

坚定那束光芒

是梦的方向

纵然双翼蝴蝶般羸弱

却把自己想象成征鸿的模样

迈上心的旅程

却忘了东风由来无准信

没有短梦接长梦

也无长亭更短亭

追着那束若隐若现的光

面对无边无际的浩渺

无数次提醒自己

除了前行，没有退路

却不愿思量和想像

一只蝴蝶能否飞越沧海

海上之蝶能承受的

已经与眼泪无关
宛若菩萨保佑
每次风雨来临之际
所幸总有一张帆经过
仓皇中总能感受到
甲板上递来怜悯的目光
还有一双双友善的手

头顶月光和星光
举目和回首
总是一片苍茫
抑或无边无际的黑魆魆
历经生死考验的身心
越来越感恩
遭遇那许多风霜雪雨
虽然伤痛无数
坚强的身躯
居然没有被冻僵

打量依然如故的苍茫
扑腾着越来越疲倦的双翼
身心，越来越胆怯
何处是归程
无数次在疼痛中自问
那缥缈的梦
至今未在预言中出现

无法隐匿，也无法表白

宛如一个

不愿被行人发觉的拾荒者

借助微弱的灯光

捡拾所有的汉语词汇

躲在芸窗下加工，一串串

留给岁月的怀念

无论是秋叶向大树告白之时

还是春风摧毁大地防线之际

潜伏于平仄格律的窠臼

如同桑蚕吐丝般垒韵

疏疏密密的字里行间

是处似孤鹜追落霞

是处似子规啼血，落红成蝶

却吟哦不出真实的梦境

以万般无奈穿梭于新诗

无论是对着燕飞莺啭的晴窗
还是在黑夜主宰大地的孤灯下
如散花仙子调遣千言万语
撒向无边风月的词汇
任是缱绻悱恻，意象万千
却表达不出心头的诉求和愁绪

非是理缺词穷
亦非心如死水
在眼前翩跹如蝶的诗句
明明沾着雾霾和热泪
却写了又扔，扔了又捡
不忍舍弃，不忍封锁
不是无法表达
而是不便表达

一如大地面对
三春的满园落英
十月的遍地落叶
无法准确流露内心的律动

无论六月，还是十月
面对亭亭孤立于清波的荷花
在转身挥手之间
令人生发思念

也难免生发禅心

那些刻骨铭心的画面
每一幅都触手可及
甚至氤氲着荡气回肠的温度
却越来越感觉
飘着远古的气息
在一隅保持恍若隔世的沉寂

不敢设想
若是有一天
心与梦同时醒来
赋予诗情可以飞流直泻的勇气
这一切，会否变成
青阳山遗址出土的石钻心
抑或焦山断崖崩落的瘗鹤铭

第二辑　锦瑟自鸣

散文诗

为衣兜充电

炎夏已不允许我改播春耕的荒原。

看惯萧瑟和丰收并存的秋天,也不再相信眼泪。

我不得不尝试一切方式,利用一切机会,为我的衣兜充电——不让衣兜里为我开夜车的电筒,滋生过早打烊的借口。

人生这部无封无底的书,才初见纲领。我想把它写成神奇的传说,抑或精美的诗集,甚至荒诞的小说。

我相信,这光怪陆离的红尘,处处隐藏着诗意和故事。可是,我的眼睛近视,似乎也患远视。何况一个人的能量终究有限。

那些动人的情节和细节,还有那些生动的词汇,我必须尽可能看清,并且尽可能用准。

不管能否遇到最美的风景,我会坚持寻觅和珍藏每一种邂逅。将封面和封底点击成渴望的版图,努力表达类似梦想的意境。

因此,我必须怀揣一颗信仰,藏进密封的意念。在星月无法顾及的时刻,让衣兜里的电筒照亮我脚下的路和周遭的风景。

面对春汛

尚未赶到春江，菱塘荡漾的水波已惊动了鸭子。

于是，我听到了嘎嘎的报喜：春风来了，春天到了！

看到被野火焚烧的小草，将冷凝一冬的意念，从根须铮铮拔节。

杨柳岸畔的幽幽石阶上，漠漠藓苔也开始疯长返青的希望。

南飞的候鸟亦相继回归。不管故人是否还在，它们俨然如故地重垒幸福的窠巢。

哦！习习一阵春风，虽然犹暖乍寒，却是家园的信使，生命的希望。

临风，我忽觉自己由一株幽兰茁壮成一棵木棉树。血脉里的潮汐，喧响着清新的澎湃；一度冻僵的根，已然激活重新蓬勃的力度；承载绽放梦想的叶子，也已次第展开。

我曾经跃动如炬的渴望，却没有惊喜。不管是梦非梦，似乎一切都显得如此理所当然。

哦，万象更新的春天，在不尽轮回中，也更新了我的思维，摒弃了我的浮躁。不管身旁有无铜枝铁杆的橡树，给予我慰藉的能量，我依然会绽放红硕的花，甚至不屑向头顶的白云炫耀。

我居然不知何时起，穿过哲学的隧道，跨过禅学的门槛。无论光风霁月，还是雷霆闪电，我都不再惊喜，也不再畏惧。面对金秋缥缈的诱惑，也不再怠慢炎炎烈夏。

哦，春汛，看惯你的周而复始，我越来越珍惜，自己只拥有一次四季的生命。不管秋冬是什么样的情景，我都会坦然过好每一个当下，坦然面对一切！

白天·黑夜

是真的疲惫了！

任凭咖啡的刺激，打盹的思维俨然风干多日的糨糊，菡萏在月光下如何分蘖，竟然描不出细节。

不管如何眨巴，眼睛的胀痛仿佛崩溃前的海堤。甚至看到一只只蚊虫在眼前飞来扰去，挥之不尽……

以为是幻觉，却不是幻觉。拿起冷落多日的镜子细瞧，才悚然发觉，布满瞳孔的血丝，宛若笼罩残阳的渔网。

反复舔舐紫白的唇际，依旧无法恢复殷红的饱满。心率的加速，一如脱缰的牛犊……

流星过后，月光依旧；沙粒入海，波涛依旧。那一瞬辉煌，那一秒波澜，甚至无人留意。我努力说服自己，追逐梦想，也需有坚强的翅膀。

如果失去太阳，注定所有的日子苟存于阴暗，黑夜的上空甚至看不到星星点缀的苍穹。眼睛，是自己的太阳。意识突然惊醒混沌的身躯。

紫玉兰叶如花，亦如蝶。人人赞叹其艳丽，几人知其灼灼芳心为谁开？一旦瘦尽芳华辗作尘，又有几人怜惜？它在风中飘零的心境，几人读懂？

蝉噪一夏，人尽皆知。它脱壳的痛，几人心疼？指望别人，何若珍惜自己。

关上电脑。洗漱。熄灯。上床。强迫生疼的目光彻底闭上。

眼前的意象，依旧缤纷而来。惊喜于征鸿犹落窗牖，我从衣袂中掏出恒温的锦书。任凭如何努力，双足却寸步难挪！眼见秋鸿展翅欲辞，我使尽力气呼喊："我有锦书……相托……"然而，却吐不出一字。

山盟虽在，锦书难托。此恨古来有之。我舔舐着滚落到唇边的热泪宽慰自己。睡吧，什么都别想，都别想……

无序的呢喃，终于催眠思想。

愿爱是绳

我们都明白，生命需要爱。爱到底是什么？我时常想。

爱是太阳吗？阳光无论如何粗糙，抑或苍白，每一个黎明，都会以晨曦洗醒我的朦胧；每一个傍晚，都会以缓缓而辞的目光护送我走进家的炊烟。这样的时分，你，只能留给我冗长的思念。

爱是月亮吗？月光纵然似水如霜，静谧的夜晚，每当我出门，总会不远不近、不离不弃的跟随我。可是，你，总是留给我悄悄破梦而入又乘风而去的遗憾。梦断佳境，月光依然穿透帷帘，默默注视着我。

爱到底是什么？是绳。冥冥中我感觉。

爱，是缘分的绳。将我们从茫茫人海牵引到一起。让我们品尝短暂的欢愉后，承受漫漫岁月无尽的考验。

爱，是命运的绳。以美好的初衷，试图把我们风雨无阻地捆绑在一起。生活的宽度注定我们不是固守一隅的麻雀。智趣和梦想的不同，也注定我们不可能在同一个高度飞翔。它，却以爱的名义，束缚我们的任性。

爱，也是梦想的绳。拽着我们的追求和勇气，拒绝散漫和堕落的诱惑，使我们翻越悬崖峭壁，穿越风霜雪雨，乃至明枪暗镖时，互相关照，互补能量……

呵，爱！管它是什么绳。松松紧紧，年年岁岁，将我们的灵与性相连，命与运相牵。既然牵在手中，真希望我们都别轻言放弃！

牵痛也罢，牵瘦也罢；流泪也罢，流血也罢。这根绳，虽然是自由的羁绊，但也是患难与共的依赖。

蝶恋花许

馨风扫径阶，霖雨撩心扉。

不管东风是否留意，院绿庭红，便有一只只翩然之体，飞向羞羞怯怯而又殷殷切切的嫣然之怀。

我不敢上前，唯恐惊扰它们短暂的良辰。隔着窗玻，似乎聆听到蝶恋花、花许蝶之卿卿我我。莫名的惆怅，竟涌来潸潸热泪。

爱，为此一字，蝶蛾能洒洒落落、痛痛快快爱恋一场，在无憾无悔中化灰变蛹。我们这有灵有性的血肉之躯，在爱情面前，缘何如此虚伪，胆怯，自虐？

明明无感，却佯装恩爱；明明很爱，却作茧自缚；一个相思成茧，另一个却浑然不觉……

为了释怀一腔痴情，宁愿将可望不可即的苦楚，隐匿于诗，抑或假借凄美的传说，编造梁祝化蝶比翼的结局。

都说，苍茫红尘，月老有线，怎就成全不了感天动地的痴情；浩渺寰宇，苍天有眼，怎就惩罚不了雷霆无奈的薄情。

梁祝化蝶的悲剧，传唱至今，尤成不老的传说。可见我们是渴望真爱的。我们庆幸诞生在婚姻自由的时代，但是几人敢如蝶蛾随意？面对欲投不能、欲罢不得的爱，纵然背着道德的枷锁"暗渡陈仓"，几人敢"明修栈道"?

情不自禁,将滚烫的气息贴于汉语言中思念了几千年的唱词,呢喃"思悠悠,恨悠悠……月明人倚楼""天边金掌露成霜,欲将沉醉换悲凉"。

曾经不懂"寻寻觅觅,冷冷清清,凄凄惨惨戚戚"是怎样的一种清愁。切身感受过"曾经沧海难为水,除却巫山不是云"的失落,终于体悟"帘卷西风,人比黄花瘦",欲语还休的滋味。

"问世间情为何物,直教人生死相许。"几人做到?

"山无陵,天地合,乃敢与君绝!"穿越过情场,几人相信?

相爱不是一厢情愿。若是心有灵犀,无须蝶羽,也无须花冠,彼此亦能从四目相对中,读懂蝶恋花许的浪漫。

纵然有一天,我们如花凋谢,如蝶成茧,灵魂仍旧相依,携手向生命谢幕。若得三生,我不求来世,只求今生如愿!

又是花好月圆

一轮秋影转金波，飞镜又重磨。

此情此景，几千载了？沧桑岁月，似乎不须我们为之考证。

今夕不登楼，一年空过秋。明知竹屋上人早就感叹，清光愁玉箫；明知杨柳岸晓风残月下，执手相看泪眼的画面，已定格在遥不可及的《雨霖铃》里。

每逢此夕，依旧习惯凭栏。遥想这轮白玉盘，为一个悠远凄凉的允诺，为一份旧曲新词难赋的情结——年年岁岁，将不尽思念磨成镰钩，割扯不尽的缕缕云幔，兑换每月一次的梦圆。

我不知那寂寂茫茫的广寒宫，到底有无嫦娥。桂花沁脾的满月之夜，仰望星空，看它总似一轮魔镜，照痛我的心。

空月舒波，红藕香残，独上兰舟……这一幕幕意象，纷至沓来。感觉整个人被拽入那隔绝市廛繁华的苍茫空间。热泪，情不自禁的却为无人野渡自横月下的扁舟和东南孤飞的孔雀而噙。

成年人的爱，可以隐藏，但思念不行。箫音袅袅，满腹尽是糯香而又浩渺的思念。此刻，你在哪？是否和我一样？是否为我临风凭眺？

痛苦不堪时，难免怨恨。如果不相逢，不相识，不相知，不相爱，多好。如此，不会掉进欲投不能、欲罢不得的思念之沼。

明知思念无用，甚至伤心耗神，还是忍不住为你独酌盅红，盈泪吟哦一首——

月满中庭花未开，花红深院月徘徊。
无凭蝶影空生梦，梦醒唯留雨后苔。

思念是药。此中滋味，自己尝过，实在不希望你也品尝。遣诗泄愁，一并邀请哲学的思维，调和一杯感性与理性相融的鸡尾酒，独斟独品，亦是不错的释怀模式。

花好月圆，清风拂轩，爽籁入怀，秋来雁归……也许这一切的际遇，一切的离合，于苍茫红尘，都是上天的安排。一如黑格尔所言：凡是存在的，都是合理的。

注定天意难违，何必作茧自缚。经历过自缚自解，一番长嘘，心境忽觉朗然。但愿往后余生，不再无端惆怅，纵然思念犹在。

天凉好个秋

多少个呆呆黎明，惜别梦的余温，撩帘处，一道喷薄的紫气，伸手可及。梦扉却套不上锁。

虽然没有飞霜，持续几天的秋雨过后，越来越体悟到"不是秋风不解凉"的秋意。

阅过一季季枯荣轮回，心境虽然渐如兰根，一任春去秋来。秋声萧瑟中，目睹雁来红和东篱菊恪守那一份意念，坚持在秋季绽放，心底依然涌起丝丝怜惜和感动。

"折芦花赠远，零落一身秋。"我什么也折不得，什么也赠不得。不知此时，你的心境是否和我一样。但愿是这样。不，即便这样，又能怎样？

玉田上人的一身秋气，相信我们都有体悟。白云欲归，楚佩难留。纵然别号乐笑翁，亦叹"一字无题外，落叶都愁。"

凝眸窗前，一片黄叶，从魁梧的树冠凋零，像一只硕大的蝴蝶，寂静而淡然地辞别枝丫，回归红尘。当年，它是一瓣刚出土的嫩芽时，也许有个比大地还宽还远的梦。

季节的轮回，令我们在意的，又何止是寒暖。是处可见的增增减减，与气温表上的刻度，有多大关联？

然而，愁又何妨，不愁又何妨？秋凉依然，冬寒依然，翌年春暖花开犹依然……

耿耿感动于一件事实。秋风秋雨中，一只忠贞不渝的蜻蜓，始终卧伏在枯萎的芙蕖颈部。

我端详了半天，发觉蜻蜓的躯壳已然风干。没有山盟，也没有海誓，它却与枯荷定格成一幅了无声息的相守图。

"留得残荷听雨声。"浩荡无垠的红尘，并非都如此。

天凉好个秋。一池秋景，十丈秋色，也许因肉眼可见，而动人，而伤感。遥想沧海之秋，任是苍茫无垠，却涛声依旧……

秋愁，原是眼界与心境的差距。

水是无情，却难忘情

多想像荒原狼一样，每天仰天长啸一阵。

可我不能，真的不能。面对周遭。

无论是星月羡慕阳光繁华的岑寂里，抑或阳光向往星月静谧的喧嚣里。

虽然感觉淤积于胸的块垒，膨胀到几近窒息，但我必须保持优雅端庄的格调，必须考虑不能因为释放自己而影响别人。

世界是自己的，与他人无关。据说此言出自杨绛先生之口。我信，但也有几许疑惑。也许是我尚未修炼到杨先生的境界。

与他人无关，是一种无欲无求无畏无惧的洒脱，应该也饱含随心所欲。但这对我来说，注定是一种奢望。

遐想过漫步细雨迷蒙的雨巷，聆听笛箫和鸣的乐音，拥有"能白更兼黄，无人亦自芳"的坦然……

然而，现实终究不是遐想的模样。伤口的体验是痛久了，便会麻木。

积压日久的惆怅，却似走不出梅雨季节的墙角，滋生出来的那株生物。希望它是一枝无藤无蔓的荷，却偏偏定格成一株苦楝。

和着心与梦的失落，俯拾一粒蜡黄的苦楝子。那番苦涩，竟然从舌尖蔓延到灵魂深处。再也听不得风，听不得雨，更听不得箫声，看不得孤芳自赏的物种……

在孩子面前，在父母面前，乃至在所有的外人面前，我似是一棵树、一座山，永远那么昂扬和坦然。

谁知我渴望自己是水？能柔，亦能克刚；能固守一隅，亦能奔波天涯……一次次，淋漓在苍茫滂沱中，沐浴在汪洋海水中。一任雨水、海水和泪水，在不须伪装的脸上肆意流淌。

以为自己已然是无忧无虑的水。擦干脸后，才发觉——水是无情，却难忘情。我，还是我。

独享清欢

观过潮汐的起落，听过战栗九霄的长啸，感觉愈来愈适应接近苍茫的颜色。

知道来之不易的生命能拥有今天，决不会扶面破鼓嘲弄历史，捧掬黄埃追逐未来。

一度感慨太阳和月亮的孤独，虽然苍穹有彩云朵朵和星星无数。如今已然明白，独处有凄然与释然的区别，独处也是平庸和卓越之间的鸿沟。

曾经怜悯荒野一株芊芊芍药的孤芳自赏。看到它虽然遭遇风雨的欺掠，一夜星光却能昂扬其遭劫的娇庞，即便泪痕斑斑。不禁心生钦佩和羞愧。

也许它们早已明白，与其费神耗力于一种无法沟通和无法相助的群居，不如享受清静的独处。在无人干扰中，修炼坚强，自寻妙策，突破困境，胜却无望的指望。

受伤后的身心，一旦适应独处，相信那些曾经遭遇摧毁的裂痕，正是光亮照射进来的途径。在独处中更易发觉，人生看似漫长，其实很短；更易敏感曾经飘扬如旗的乌发，已然华发频生。自己却无老鹰重生的勇气，亦无蝶蛾破茧涅槃的基因。

独自凭眺，惆怅东流的滔滔江水，送不回昨夜长风。相信它也卷走了如沙的谎言和天真的幻想。

子影倚栏，看惯违约的东风，看多繁华深处的秘密。明白风霜雪雨的回访，一如春天的姹紫嫣红。思想，纵然没有注入过多的智慧，也多了几许禅化的清明。

越来越相信，苍茫红尘，不变的永远是改变。再强大的心脏，未必能改变一切，但能改变自己。独处，也许是一种妥协，亦是对自己的接纳；独处，是一种能力，更是一种境界。

孤独，或许不能成就生命的圆满，当作拒接干扰的清欢享受，恍然发觉，便是赏心乐事，也是昂贵的自由，更是珍惜生命的良机。

独享清欢。凝韵的信仰，依旧相信每天的曙光。

独享清欢。恪守希望的奔蹄，以清风绾袖，揽一缕彩虹染靓雨后的葱茏，同样能激扬生命的短笛。

独享清欢。天籁下，将水芙蓉的柔情捻成烛芯，取长庚星的余焰点成火炬，拾足时代的台阶和清幽的梦径。何在乎有谁同行，何需要有谁同行！

坚持在这一条路上

一

走在这条路上，有荆棘，亦有花香。

默默坚持在这条路上的人，似乎总在为灵魂呐喊。

这条路上的人，行囊里没有支票，因此从不担心遭劫。

我也走上了这条路。旗帜琳琅，足迹如星，人影飘忽不定的路。

记得刚迈上这条路时，我看见很多人意气风发，额头上贴着"诗人"的标志。走着走着，却没了声息。

沿途，我也看到不少气壮山河的足迹，听到振聋发聩的咏叹，也目睹过疯疯癫癫的身影。

我没有挥舞任何旗帜，也没有投靠任何门派。我只攥着一个信仰，在回顾和遥望中，不急不躁地默默跋涉。

我明白，以这样的风格，坚持在这一条路上，注定失宠于纵横交错的关系网，但也会远离惊险莫测的漩涡。

二

很多时候,生命的本色总是这样——

人们高歌春天姹紫嫣红时,历经严寒的梅花,却悄悄地隐归;人们欢呼大江百舸竞帆时,山涧溪水正潺潺地独自流淌。

我欣赏,也钦佩默默跋涉的溪水。不管居高,还是就低,从不迎合别人的目光,也不留恋两岸的诱惑。心无旁骛奔向心中的梦——浩渺的沧海。

弱水三千,只取一瓢。一瓢入腹后,我仿佛觉得自己成了溪水中的一滴。

沿途,我常为阳光留不住雪花,风过留不下足迹而遗憾;也为1万多年后,织女星将取代北极星之位而感叹。

我更为北极星曾以独特魅力灿烂过,燃烧过,被人类广为流传过而心潮澎湃。

我相信斗转星移、沧海桑田,亦相信灵魂不朽,诗见气息,更相信真情不老、天道酬勤。

若干年后,当我汇滴成海。我知道,身旁不会有鲜花和掌声,相信能拥有升华的灵魂和广阔的境界。

那时,太阳、月亮,乃至银河,都将坠入我的怀抱。形形色色的人,也会纷纷涌向我……

我还苛求什么呢!

生命的季节已不需矫情

荏苒光阴，果然无情。谁也挽留不住，谁也贿赂不得。

那摇曳如昨的鹅黄嫩绿，剪风啄泥的紫燕黄莺，分明犹在激荡心旌。仿佛子夜梦回，生命的春季，却悄然一去不复。

波光潋滟的湖畔，临水而立，以为容颜犹如西子，淡妆浓抹总相宜。凝神细瞧，岁月的沧桑已改变了双腮。

虽然泪腺依旧饱满，目睹泪痕点点的斑竹，仍然独自在风霜雪雨中萧瑟。终于相信，眼泪的矫情，留不住远去的大雁，换不来岁月的同情。

风尘起落，流年如故。从心有所属，到心无所属，何止斑竹？相信每一朵花，每一株草，每一棵树，都有一个动人的故事。

即便对着阡陌挥尽矫情的泪，失散的心，若是不愿回归，终究会消失。仰望苍穹，日月依旧，繁星如故。

于是，习惯在天籁之下，将空虚的心与星辰对话。感谢这仰望星空的习惯，使支撑我头颅的脖子依然有如故的力度。

当然也看到，旷野的风筝犹在招手，心和双脚已被理智裹住。

还有那携带梦想航行的篷帆，曾允诺给我一支蹈海的歌。站在甲板上临风凭眺，虽然激情犹在，心潮的涛浪却不复曾经的澎湃。

虽然已习惯独自穿越风雨，独自对峙黑夜。依旧渴望爱情的支撑。不求朝朝暮暮长相厮守，但愿平淡如水，温暖似火；各自忙碌，互相牵挂。在彼此失意时，雪中送炭；在如意时，锦上添花。

从未放弃奔向彼岸的梦。但已明白，伟岸与纸墙处处皆有，失败与成功也同在一旁守候。

不管人生的冬季随夕阳西下时，结局如何。已然明白，无法左右今生的长度，但能拓展生命的宽度和厚度。

更明白，坚持梦的方向，坚持跋涉中珍藏一路风景，相信无论走到何方，心和梦都不会荒芜。

夕阳

夕阳西下，裹着苍穹的殷殷恋意。如血。如旗。

血，洇红了云霞，染红了炊烟，也绚丽了一幕幕渔舟唱晚。

旗，昂扬梦想的执著，飘扬生命的意念。不管长夜几多风雨，翌日几多冰霜，面对痛苦的起起落落，从未放弃黎明时分金色希望的喷薄。

呵，夕阳！滑落山冈，又跃上山冈，你就是明天的朝阳。

纵然美丽的邂逅，尽成斑驳的回忆。依然相信明天，还有缤纷的云彩与生命同行。

纵然没有允诺，纵然是连绵的雨季，依然以可期可盼的操守，温暖在水之湄，一个冰凉的渴望。

纵然踏碎了昨天，纵然跌倒在渡口，依然坚信，那停泊渔船的港湾，不是自己的归宿；依然将济济一腔抱负，转化为旭日东升的能量。

纵然阅尽沧桑，依然相信浩荡红尘，有痛苦，也有欢乐；有奸佞，也有善良；有龌龊，也有磊落；有一地鸡毛，也有岁月静好；有山重水复的迷津，也有柳暗花明的惊喜……

呵，夕阳！当我的心习惯与你一起沉淀，一起苏醒，一起重升，越来越能坦然面对，这娑婆世界的起起落落、真真假假和形形色色。

劫后余生，便是重生

当一切被渐渐证实，到底被谁的预言击中，已经无关重要。既知是劫，何必追问谁是谁的劫。

当小心翼翼的双手，无论采取任何方式，都无法呵护和挽救变异的情感，眼睁睁看着它脱缰夭折，那么不可逆转，不可控诉。终于明白和相信，现实才是最好的教科书。

它貌似活着，其实已经死了。别想吧，忘却吧……它要找的是上辈子埋葬它的人，而我只是拿了一件衣服覆盖它的尸身而已。

多少个辗转无眠的夜晚，我一次次提醒自己，说服自己。

以为一场淋漓滂沱的泪水后，以为一次放逐身心的远游后，会化蝶重生。以为时间久了，那些痛苦恍若隔世。孰料，以为终究是以为……

回到以为是起点的终点，那些以为被肢解的记忆，却像在某实验室看到的——浸在玻璃瓶里的标本，依旧在眼前晃动着它们身上血淋淋的神经。

它们已经死了。我咬紧牙关提醒自己。但隔着玻璃与之对视，依然触目惊心。

原来，被掏空的心，即使贴上保鲜膜，隐痛依然。

在朝圣爱情的路上，终于相信：苍茫红尘，不能自拔的，除了牙齿，还有感情。

即便视之如割阑尾，无论如何麻醉，事后的疼痛难免，伤口难免。

就视之如阑尾吧。我如此安慰自己，与其遭受折磨，不如忍痛割舍。既然已经变质并腐败，强留着注定两败俱伤。借助他人之手，割掉已不适应、甚至背叛自己的，何尝不是好事。

即便十里桃花，谁也无法挽留。这世界，不变的永远是改变。纵然来年桃花貌似如故，也改变了色泽，改变了状态，改变了命运。无论花开花落、春去秋来，太阳照常升起，星光依旧璀璨。

于浩瀚瀛寰，纵然百年，一如阵风经过，聚而为缘，散而为息。悲欢离合，无非是一场际遇，一次经历。且行且惜，随缘随变。浮生一世，虽非草木，有感有知，亦是苟且颜仪，随生随死。

无关风月，无论穷富，从起点开始，我们就注定踏上通向坟墓的无返程旅途，注定每一个日子，无可替代，无法重来，何忍为某个人、某件事秃废，甚至被糟蹋！

如此，我亦恍然顿悟，劫后余生，便是重生。所有的疼痛，都是经验。为他人着想，为自己而活。往后余生，不再白活每一天，才是自己不负此生的样子。

别捅破这层纸

这层纸薄如蝉翼，已然斑驳破旧，甚至千疮百孔。

透过那些破洞，我早就看清了窗户里面的一切。曾经，我有无数次的冲动，想把它捅破，想将它撕毁。最终，我选择了保留。

人想得越多，越容易找到理由。可以找到否定一切的理由，也找到认可一切的理由。譬如这层纸，为何不捅破？

不捅破它，不是不敢，而是不忍；不捅破它，不是无能，而是无奈；不捅破它，不是虚伪，而是必要的虚拟和虚化……

人在愤怒时，智商等于零。这个提醒，已被越来越多的经验证明。面对无意间发现的，光天化日下的背叛，龌龊不堪的秘密，义愤填膺的丑行……

如果我们凭一时意气，将它捅破，等于撕毁其遮羞布，等于让那些貌似隐私的东西裸奔。如果对方不是疯子，我们所面对的，必定是恼羞成怒。

我们的手指注定不能点石成金，若是点破这层不该捅破的纸，后果必定是类似覆水难收的后悔。

也许，知道真相后的心情，再也回不到从前。面对那些漏洞百出的谎言，言不由衷的应付，理直气壮的借口，一时无法容忍，何妨选择退让和回避，抑或屏蔽。

思路的漫长和冷静，能使我们渐渐软化那股易于暴发的冲动，平息那颗易于指责的心。

何况这个缤纷而斑斓的世界，空气都不可能纯粹。明白和适应所有的不纯粹，把任性留给一往情深于我们的影子。

是的，唯有自己的影子，恪守不变初心与陶陶谦和，以柔软和坚韧阉割其个性，时时处处，供养我们的任性。

唯有自己的影子，以永不变迁的无怨无悔、不离不弃，包容我们，尊重我们，理解我们。

那些不愿坦白、不愿直面的事件和现象，何妨假设隔着一层纸。

为自己设置一个高度

我一如既往的存在，在他的眼中，已然可有可无，甚至走不进他的心扉。种种迹象表明，这绝不是我的怀疑。

我思故我在，使笛卡儿开始否定普遍怀疑。姐，你的遭遇，我深信不疑。你焦虑，你恐慌，你郁闷……我能理解。

哲学是我们的梦中情人，因为没有实用价值，很多时候更像个弃妇。爱情何尝不是？

姐，你心依旧，青春不复。一如沧池秋荷，无论如何吸足水分，日渐枯萎的气血，终究敌不过陌上正当妖娆的野草。

你恨他不识好歹，一如长颈鹿，习惯将目光盯向高处，习惯去舔舐够不着的树叶。

如此，他已习惯性认为，不容易得到的，才是最好的。任凭你投怀送抱，任凭你把尊严低到尘埃里，他也不会重视，甚至反感。

姐，你要明白，爱情不是学问，不须论证对错，不须求解答案，甚至不须讲理。即便以毕生虔诚和耐心研读，也未必能收获圆满。

当你所有的言行，在他眼中都体验不到善意和爱时，这种无言名状的挫败，会让你有严重的羞耻感。

姐，我们不甘苟且活着，又何必为别人活着，甚至被定义、被折磨、被削蚀……

即便旗鼓相当，棋逢对手，貌似亦师亦友的绝配，事实上，你亦时时处于戒备状态。因为稍有怠懈，你就兜不住他的目光，跟不上他的步伐。何况过于放低自我后，产生平视他的落差。

江因入海而阔，山无云托犹高。如果你不服输，赶紧挺直脊梁，收回自己的独立人格，为自己设置一个高度。努力攀登，不断提升自己。这苍茫世道，再岑寂的高度，也无法低调。

傲立到令他必须仰视，甚至难以触及的境界，你就是高山雪莲。

那时，你俯视他的目光里，必定充满快慰和不屑。

雨夜的女人

有人说，雨夜是文人的夜。其实，雨夜更是女人的夜。

雨夜之于女人，仿佛宿缘未了的冤家。雨夜的女人，总有种令男人无法理喻的惆怅和忧伤。

我无法求证，宝玉那句"女人是水做的"定义落地生根前，是否关注过雨夜的女人。

无闪电的雨夜，一如此刻。窗外，一派迷迷蒙蒙，淅淅沥沥。心有戚戚的女人，总觉得这雨好似巫山云岚飘过八百里山川，游荡而来，对着万千物种，倾诉其不尽思念。

多愁善感的女人，总感觉这蕴含弥弥忧愁、漠漠轻寒的雨，若飘蓬逐梦，似飞花溅泪。即便夹着濡湿的风，是吹面不寒的柔和，也会认为，这是它们唯恐惊扰不该惊扰的人，试图以润物无声的怯怯情怀，在夜幕下打探……

历经沧桑的女人，不管表面如何强悍，不管白天如何风光，不管人前如何伪装，茕茕孑影守着无法解愁的夜灯，隔着窗牖聆听这雨，这风，即便不是雨打芭蕉，点滴霖霪，也会伤感于窗前，潸然于枕畔。

那些邂逅，那些际遇，那些萍聚，那些欢歌笑语，那些温馨浪漫，那些吹捧奉承……与这窗外的雨相比，女人顿觉杳渺。一种油然而生的凄凉，倏然侵袭全身。

此刻，无法入眠的女人，即便沏一杯茶，捧在手中，面对那缕缕清香，也感觉不出飘逸和淡雅。莫名滋生的落寞，却令她想起青莲居士"对影成三人"的孤寂。

此刻，无以名状的女人，即便伴着不惹尘埃的琴弦，低吟浅唱，悠扬的琴音纵然满屋萦绕，眼前也呈现不出高山流水的婉约，抑或平沙落雁的淡然。

若是窗外，夹杂着雷霆闪电，再坚强的女人，面对空荡荡的屋子，心头也会涌起无法驱逐的恐惧。无论是暧昧，还是正大光明，都感受不到时，甚至感觉已然被世界抛弃。

宛若退却胭脂的海棠，独立于苍茫雨夜的女人，任是繁华满眼，也恍惚如观海市蜃楼，甚至感觉不出春夏秋冬，今夕何夕。

纵然享尽荣华，半夜听雨的女人，也会听出声声叹息，半世苍凉……

拽住不谙世情的灵魂

这种感觉真的很奇怪！某件事迟迟未落实，或者特别想念一个人时，莫名的失眠，抑或焦躁不安，总会如约而至。

我很困惑，这不像我的风格。于漫漫红尘，跋涉数十年，见过各种风云，越过各种关卡，涉过各种涛浪，如孤胆英雄，从未怯场。

仿佛有个人躲在我的身体里，搅拨我敏感的神经。如此与我息息相关，且乐此不疲，到底是何方神圣？经过反复探究，我终于找到了答案——灵魂作祟。

没错，灵魂！因为有灵魂，我们成为万物之灵长。然而，不谙世情的灵魂，却单纯如一个永远长不大的孩子。

她源于身躯而超脱身躯。貌似沉默，一旦想做某件事，那股任性，从不顾及欲说还休、欲罢不能的身躯，面对那不敢逾越的一道道坎，一面面墙，有几多彷徨。

当她思念一个人时，如同雨后的飘香藤，爬满五月的篱笆。放纵地绽放，执着而烂漫，从不须任何理由，也不怕闲言碎语。

充满感性的灵魂，似乎不愿思考，人性荒芜时代的爱情与婚姻，何去何从，如何把握；从不顾虑，光怪陆离的世道，一些潜规则像永不收手的陷阱，隐藏在处处。

脱离烟火、不食五谷的灵魂，似乎拥有不眠的激情和精力，像永不寂寥的土地，一直在梦里梦外折腾。

她知道人生不易，知道人有梦想。似乎不知道，人生其实是一路经历，一路领略，一路取舍。所有的得与失，显与隐，喜与悲，都不过是迎来送往的经历。一场始于零、归于零的经历。

在清醒和浑沌边缘，冥冥中发觉，现实和灵魂，都可以随时抽出体外。因之明白，灵魂总会先知先觉，总比身躯知道更多的真相。如果身躯屈服于某种无奈，佯装麻木，抑或无动于衷，灵魂却不依不饶。

为了避免灵魂悄无声息地左右我的神经，干扰我的思想，睡觉前，我决定清空思绪。让灵魂、思想，乃至梦想，都归于空白，归于混沌。

为了约束灵魂，我决定将意念捻成绳。拽住她，像拽住头顶的风筝，不让她频繁折腾，擅自私奔。

祝你幸福

不须感动，也别说我大度。人生的路千万条，每个人都有权选择前行的方式和方向。

除了由衷祝福，我提醒自己，必须在你面前佯扮笑颜。一个人能够承担的委屈和痛苦，何必让两个人都遭受折磨。

虽然还能相见，但属性已经区分，性质已然改变。这种失落，这种遗憾，甚至包涵严重的挫败感，有种无法言喻的悲哀。

仿佛依赖经年的那只扁舟，以为疲惫时可以倚着它打盹，痛苦时可以对着它倾诉，苍老得无法跋涉漫漫红尘时，可以躺在它的怀抱中苟延残喘……

孰料，雷霆风雨中，当我踉跄着奔向它时，却发现它已被人解开泊岸的绳索，悠然划向别处。此刻，我除了挥手和祝福，除了转过身让泪水悄悄流淌，还能怎样？

曾经，我以为那深情的一瞥，便是找到了前世遗忘的港湾。疲于奔波的身心，从此可以回归一世安宁。

以为终究是以为。若是注定我们有缘无分，即便修行三生，执著一世，也是镜花水月。纵然收集万道霞光，编织千重羽衣，也无法落足你的身旁。

既知人生是一场旅程，注定我们都是行者。在岁月中跋涉，同时也在渴望，在寻觅，在修行，在领悟。

事实证明，无论我的愿望多么黏稠，终究制作不了你想要的比萨。何况欲望没有枷锁，幸福永远是台阶。对梦想的追求，也永无止境。面对人生的每一种际遇和机遇，你不愿放弃，我无权阻挡。

因之，我亦不必告诉你，思念一如床前的月光，纵然于孤寂的夜晚能照亮回忆，照亮隐匿于内心的疼痛，终究不堪入怀，如同无法挽留渐行渐远的你。

渴望是本能。历经数十年风雨漂泊，摸滚爬打，伤感累累和着泪痕斑斑的身心，谁不想择一城终老，遇一人白首？

若是彼此思想的齿轮不合，日常习惯无法融洽，乃至三观不同，即使勉强凑合到一起，最终还是分道扬镳。何况，把愿望强加于人，类似一种自私而野蛮的无礼。

既知那天，我们都老了，头发白了，睡意昏沉，我却不能与你抱团取暖于炉火旁打盹，不能迎着你浑浊而柔和的眼神，抚摸彼此的皱纹……我岂可绑架你的意愿，囚禁你的幸福。

感谢你，为我过于单调的情感留下独特的色彩。那些一去不复、定格成历史的画面，回忆时，虽然忍不住伤感，但也是弥补苍白的恩惠。

我不会告诉你，我心依旧，以此博取你的感动和感激，增加你的负担和愧疚。这不是我的风格，也没这个必要。况且，我亦无法保证，往后余生，历经沧桑的心能否如故……

若是不能互相成全，何妨互相祝福。祝你幸福！愿我的祝福，为你锦上添花；愿我的祝福，伴你到海角天涯。

第二辑　锦瑟自鸣

我们不是天和地

苍天哪来这许多雨？曾经，忍受不了没完没了的梅雨，我近乎幼稚地问你。

这个不须猜。你说，是大地的哭泣，左右着天气。长久的相思，成就了天地间的默契。

你还强调，虫儿和风儿都明白，雨是苍天的眼泪，是洒向大地的相思。地是天的妻子。自从遭遇盘古的劈分，他们便遥遥相望，复合无期。

人间正道是沧桑，莫道苍天最无情。我呢喃着。这凄美的传说，于那一刻，使我俩的肩头紧紧相依。

盘古不复，永不分离。我们异口同声，对天发誓。此情此境，至今想来，依然如画如诗。

是啊，生活在天地之间，营造温馨，沐浴光芒。将执子之手与子偕老的传说，演绎成同享天伦、共度炎凉的祥和。这种相濡以沫的幸福，无须琼楼，亦胜却天堂。

爱情不是常相厮守。寂寞虽非必答命题，却是漫漫人生不可抗拒的问题。若是彼此相爱，相思可以设计成一万种美丽。

生活不是墙上的书画。有声有色的争吵，本是两个灵魂靠拢，必须磨合的常态。也是催生彼此走向成熟的台阶。

若是我们早些明白，何苦为一地鸡毛，相互猜疑，互相伤害；何苦为那不着边际的目标，抛却初衷，分道扬镳。

婚姻看似围城，却不似围城。脱缰后的身心，也许有自由放荡的短暂快感。随后，很快，我们便会羡慕有家可归的幸福。可是，纵然有倦马回头的勇气，翻遍赌气出逃的行囊，那把自以为是的钥匙，已无法打开曾经的门。

蓦然回首，没有百年，一切已似沧海桑田。我们都不是收旧物的孩子。从彼时到此时，也许我们才有所明白。可是，再也回不到从前。

一切似梦却非梦。没有盘古干预，缘何我们走着走着，忘了初心，忘了来路。将无辜的幸福撕裂，把命运输给了自己！

我们应该都已感觉到，时间无须耳朵，也从不管五花八门的理由，却以亘古不变的目光，挥动无情的手，惩罚所有人为的分离。

即便我们隐藏各自的心志，相信不仅仅在梦里，你和我一样，必定时常卸下言不由衷的面具。为人生没有如果，坠入永无止境的悔恨……

即便不甘承认

将一轮满月，吟一首诗；将一弯残月，填一阕词……

明知阴晴圆缺，谁也无法左右，偏偏裹着一掬无法言喻的夙愿。总想把它写成随心所欲的种子，驱逐生命的荒芜和心头的苍凉。

即便每年都有或多或少的丰收，依然感觉不尽如意，依然翘首于无尽的期望。殷殷切切中，甚至忽略了聆听大地、山谷和种子的回声。

貌似漫不经心。扶栏，何止凭眺于十月。当躁动不安的心，无法封入自己的茧，交给岑寂，充斥于怀的惆怅，便如狗尾草般疯长。

不敢在自我之中将自我埋葬。却渴望登上一座无人问津的岛，在一片荒凉中，以十指掘土，植一苑玫瑰，收获落红堆积成墓的悲壮。

却很少去思考，熊熊燃气之所以拥有人们普遍认可的能量和需求，因之在暗无天日的大地下，韬光养晦了千万年。

手中不断更新的笔，如同鞠躬尽瘁的镰刀，重复地收割伤口。貌似也承载岁月的负荷和灵魂的呐喊，却很少拿它去收割荒芜的人性。

欲望永不满足，注定梦想和脚下的路，都没有尽头，却乐此不疲。任凭将目光拉得生疼，却不愿静下心来自省和禅悟——

即便不甘承认，事实上，我们都在冒充土地的主人。

第三辑 独上高楼

格律诗词曲

日常

有感中国梦

亮剑镇奸猾,韬光兴梓桑。
亿民若同梦,倭寇敢张狂?

观夜逛超市有感

熙攘满街车,同将月色赊。
幢幢如织影,贫富共繁华。

见烂漫夕照图示廉儿

蛰燕思檐暖,鲲鹏向宇飞。
风云耳边过,夕照自生辉。

无题

曾是温存处，今成梦外身。
临门终未扣，恐碍室中人。

见埂边桑茧有感

为盟守埂边，自缚隐阡阡。
破茧重生日，焉能忘宿缘？

陌上行即景

轻霾似粉纱，举目遍烟霞。
雨后春泥软，莫非惜落花？

蜂许三春陌，蝶翩万亩田。
等闲风雨后，两两逝如烟。

紫烟若羽纱，塔影映辉斜。
日暮天难老，缘何灿晚霞？

乙未秋冬偶成（五言）

秋夜吟

春去心随去，秋来梦不来。
为何今夜月，犹照海棠开？

除夕凭栏口占

芸窗消夜永，冰雪化云寒。
梦瘦人难瘦，凭栏效易安。

星恒知月古，帆远见江空。
满宇新风里，烟花绽紫穹。

孤帆闲落日，暝霭卷青云。
应信寒流后，光风散翳氛。

十问东君（七言叠韵）

一世浮槎求共衾，只因长夜怕孤音。
千江帆影穿梭过，何故于今难寄心？

二分明月照孤衾，梦断三更忆凤音。
意欲涅槃缘作茧，何方剑胆壮琴心？

三伏炎炎犹抱衾，空调声里抚桐音。
满楼惆怅满窗月，教我如何修佛心？

四季人生恋枕衾，鸾翔凤翥谱谐音。
清宵凉月解花语，何日梅心共烛心？

五更梦醒抱绸衾，呓语宛如空谷音。
桉月不辞犹照我，莫非隐隐悯孤心？

六祖无尘却有衾，法身如净拜观音。
于今我亦禅牀坐，何故依然不死心？

七夕牛郎总托衾，年年银汉误佳音。
世人岁岁仰空叹，试问谁曾恨鹊心？

八书黄卷伴裯衾，冷看尘缘似雁音。
多少情痴求月老，娑婆世界几如心？

九月秋阳照锦衾，迷离梦醒试琼音。
惠风盈袖随歌舞，越得峥嵘谁款心？

十思风月似拥衾，冷暖炎凉如五音。
经得沧桑圆得梦，焉能一笑慰初心？

人走天涯，诗寄天涯（七绝）

瞻井冈山主峰

名岳何须第一高，巅如五指气冲霄。
巍峨有顶峰无价，不朽精神自立标。

谒绩溪龙川胡氏宗祠

为谒江南第一祠，秋深沐得雨如丝。
钟灵毓秀因人杰，信否天公早有期。

游皖南瞻西递牌坊

不尽牌坊几幸存？历经浩劫为谁尊？
西流水照八方客，唯见恩荣守古村。

过云南迪庆瞻梅里雪山

任是无言志共天，为谁冷傲守云烟？
几多风雨几多梦，白首焉知世变迁？

瞻北固山铁塔（次乾隆韵）

隔江凭眺塔凌波，依旧金焦当墨磨。
绘尽千帆犹北顾，莫非似我梦空多。

辛卯年秋访白鹿洞书院[①]

老林深处隐遗风，进得堂前一拜公。
若是先生讲台立，焉能允我入门中？

游庐山如琴湖有感

云作霓裳水作台，钟期不复等谁来？
心头纵有宫商调，愧我临湖直发呆。

---

①白鹿洞书院位于庐山五老峰南麓，始建于南唐，宋代理学家朱熹曾在此讲学。

云梯关步韵奉和朱文泉上将

关扼黄流万丈寒，揽云慑寇若层峦。
于今四海虽平浪，应惕暗潮污蔚蓝。

姑苏寒山寺外驻足有思

非是枫桥夜泊身，古钟依旧震红尘。
渔帆缥缈因江远，月落乌啼谁解因？

恨不如鸿为客身，偏怜蝼蚁泣芳尘。
三千风物万千梦，暮鼓晨钟醒几人？

黄浦江凭眺有感

雨雪潇潇入大寒，苍烟袅袅锁江滩。
孤舟隐隐归灯火，料是更更怕梦残。

潋滟波光总恨迟，方知万物为晴痴。
水天一色多同梦，月满西楼待几时？

楠溪放舟

曲水悠悠镜面平，棹歌声里午风轻。
浮槎如睡江如醉，唯有青山相送迎。

栖霞山访桃花扇亭感怀

紫尘万丈对长空，蝶恋花期几梦同？
一扇残红成绝唱，何须杨柳舞春风。

谒河南巩义永定陵缅怀李宸妃

一梦鸳鸯忆满窗，芳心守到血枯腔。
半生孤影合灯瘦，应幸终归陵里双。

观晋祠鱼沼飞梁有问[①]

悬瓮山前一鹤翔，公输传此结飞梁。
沼鱼应已化龙去，涧草因何犹带香？

[①] 晋祠鱼沼飞梁是一座国宝建筑，呈十字形，高处下瞰，如巨鸟展翅振飞，传为鲁班所造。

游杭州又观西湖断桥

二十年前似断虹,于今依旧断湖中。
三千劫尽天难老,望断江潮几梦同?

留恋西湖有感

山外青山楼外楼,光风处处伴行舟。
问君若似营巢燕,是择杭州孰汴州?

丁酉孟夏丽江采风见金沙江时浑时清

雪山本是尔源头,走石飞沙入九州。
一路风尘一路涤,焉能永葆是清流。

石鼓镇见长江第一湾

由来江水自潺潺,为入中原绕万山。
绝处求生成瀑布,何妨逆境借峰弯。

观香格里拉虎跳峡

重重峭壁峡中开,滚滚波涛不尽来。

蓄得三江磅礴气，任他风雨卷尘埃。

访扎雅土司庄园，捐献爱心助学，自感出手微薄，羞于留影沽名，然主办方热情抢拍一帧，并题字封塑答谢

风温荒野发华英，恨不如云澍雨生。
只恐微尘难毓秀，车薪杯水恁沽名？

访婺源江湾古宅

朱门深院对高墙，一线天光染石霜。
蛛网梁头犹织梦，可怜空守旧厅堂。

观晓起神樟有感

枯心历历对晨昏，守得繁阴隐凿痕。
虬骨铮铮由客抱，从容千载为深根。

访龙虎山道观

瞻仰天师伴虎龙，驱邪镇恶道从容。

国人倘若皆来拜，华夏真能正气浓？

九寨沟行吟

穿云峻岭卧乾坤，成海瑶池自潺湲。
仙境之沟藏九寨，几人知是在高原。

车行吴江感怀

遍地天光遍地湖，宛如瑶镜坠东吴。
人生真个有来世，愿作江南一野凫。

圕山见野鸡展翅打鸣有感

凌云傲气对风昂，不入圈笼自觅粮。
心有高天将梦展，山鸡亦可变鸣凰。

缸顾乡东罗村农展馆见老水龙有感

也曾昂首展雄威，淘汰休嗟世态违。
未许生涯等闲过，应如日落看回归。

诗存泰州（七绝）

夜眺海陵凤城河有感

如珠如镜动思潮，黛影华灯似玉雕。
赢得三分明月意，销魂何用夜吹箫。

游泰州引江河水利风景区有感

引江通壑一中枢，堪比羲文八卦图。
修得滩涂如画卷，何方锦绣这般铺？

海陵麒麟湾见白牡丹有感

素素娇颜淡淡妆，不施脂粉也称王。
风情占尽吴陵苑，圆梦何须入洛阳。

题高港雕花楼院中牡丹

老墙深院隐幽香,国色清姿何激扬?
若是花开人不识,何妨静处守孤芳。

肥瘦由风任剪裁,幽香未必使君来。
春光有限梦无限,守得芳心岁岁开。

溱湖畔抢摄渔舟唱晚景

三两归舟篙正拽,兼葭遍野渐成柴。
为留渔晚瞬间美,借缕红霞抹上腮。

乙酉中秋溱潼院士居赏月

清辉如泻桂花香,丝竹悠悠月殿凉。
院士庭中一环顾,忽惊身在水云乡。

姜堰溱潼古镇禅寺老槐树

沧桑历尽伴流年,一脉风情一线牵。
因果由来凭造化,老槐能系几分缘?

谒板桥故居

功名赢得走官场，敢掷乌纱胆斗量。
若是先生在今世，艺怀三绝可称王？

满园秋色老青葱，竹径犹存瘦古风。
若是先生院中坐，方言虽懂语焉同？

观板桥竹

老干新枝年复年，婆娑瘦影过云烟。
来宾不绝常相对，几触芳心若宿缘？

任他风雨卷尘埃，枝叶关情四面开。
瘦竹缘何入公眼，分明骨节不须猜。

观《板桥道情》感赋

道情十首抒衷情，渔鼓无弦贯耳惊。
满纸苍凉尽风雨，欣留瘦竹对新晴。

谒李鳝故居

本似灵鼍落水庸，来兮归去自从容。
甘称一鳝求真我，岂为浮名强扮龙？

履自侯门复梓门，未将格局小乾坤。
芭蕉萱石梦虽在，别却先生已瘦魂。

观缸顾千垛菜花

千垛风光若锦开，恨无并剪借风裁。
芬菲堪嗅何堪近，金粉盈盈上鼻腮。

黄花遍野水连天，欸乃扁舟漾楚田。
跗萼千秋济民食，于今迎客秀娟娟。

游李中水上森林

参天苍翠鸟轻衔，竹筏穿林旗若帆。
曾道深山多秀木，今知弱水也生杉。

若鸿立雪，题花吟草（七言）

咏雪

知尔前身不是珠，如盐似絮入盘无。
一宵圆得三生梦，宁作冰心弃玉壶。

雪中即景

年复一年迎岁寒，小儿戏雪享童欢。
久违青鸟枝头跳，可恨光阴似指弹？

风雪夜归感怀

华灯寂寂照琼枝，孑影姗姗正子时。
除却孤衾人不寐，谅猜暖屋梦纷驰。

题雪中傲梅

花俏寒枝立石台,玉颜耐得几风裁?
凄凉只恐伊人晓,犹任孤芳伴雪开。

玉骨冰心傲八荒,历经风雪看炎凉。
入诗入画争相赞,焉见谁人悯冷香。

咏莲

非是此身无处移,芳心只许一清池。
亭亭风骨田田意,信有天光识淑姿。

题秋荷

拒嫁春风恋野塘,红衰翠减尽苍黄。
结成莲子芳心老,月下焉能自在香?

芳华漠漠付沧池,宁恨东风不肯移。
销尽三生纤瘦梦,为谁留得一腔丝?

咏蕙兰

红尘空谷俱生根，随遇而安百草尊。
未借东风香四溢，半春绿萼亦销魂。

东风无语重花期，不负红英不负时。
开泰三阳苏万物，幽兰空谷亦丰姿。

题秋菊

金英吐气若兰香，魂瘦东篱伴竹黄。
非是生来恋秋瑟，天成傲骨任风霜。

题郁金香

东风无力也红枝，一季缤纷百蝶痴。
宜锦宜霞缘积郁，昼开夜闭倩谁知。

见文竹起死回生有感

若松若竹绽青苍，错爱经年叶尽黄。
向死而生自分蘖，反求诸己赛幽篁。

壬午春咏

风绿江南阅尽春,犹将乱絮作经纶。
红尘万丈晴和雨,何处清光识此身。

缥缈梦花曾映纱,十年一日望天涯。
奈何天意非人意,缱绻而今成落霞。

叶落花飘枝有影,莺飞燕散院无春。
来年佳约纵如故,津口难寻那渡轮。

杨柳东风满陌阡,长堤寂寂霭如烟。
飞鸿一去无音讯,占断春空尽纸鸢。

残阳西下屋生寒,满眼斑斓若梦残。
皎月再明非盼意,奈何雨意却姗姗。

花信误期常怨春,岂知风雪劫芳辰。
渐宽衣带千重梦,谁解多情最瘦身。

感秋（七言）

触目荒芜触目凉，萧萧叶落满枝霜。
东风应悔匆匆过，何日重温燕绕梁？

几度登高诗兴遒，秋来楼上怕看秋。
飘蓬忆否长江畔，又是菱荷浮绿洲。

经风沐雨若孤鸿，兀兀痴心付卷蓬。
望断天涯始知梦，临窗孑影问谁同？

秋色三分叶半红，红稀绿瘦亦难同。
窗前无雁探消息，幸得兰香盈袖中。

身在高轩思水流，恨无双翼探银钩。
西窗因我秋难尽，长夜凭谁梦后愁？

山盟虽在了无期，帘卷西风泪隐诗。
若得三生倾一世，涅槃信不为情痴。

夜读有感（七言）

拜读大可斋存稿步韵寄子川先生

心寄幽兰岁岁开，红尘不管月徘徊。
春江任是潮迟汛，终有远帆天际来。

由来雨水过千阶，几为红英敛翳霾？
细数晨星待归月，此情谅不入孤怀。

拜读长吟室陈公《家装感赋》感而有作

纵然螺壳泛灵光，代代蜗牛总恋房。
浩荡红尘晴共雨，三重茅屋亦遮霜。

明知世界尽娑婆，犹效乌衣自垒窠。
早识槐安元蚁穴，梦回信不恨南柯。

拜读李筱纲先生著《织梦江南》
有感民族实业家刘国钧励志人生

纵是餐餐喝麦糊，饱经冷眼若寒乌。
心存鸿鹄凌霄梦，何忌冰霜席上铺。

囫囵世道有青光，几见珍馐入瘦肠？
"偷食"因穷遭蔑侮，尊严自挽任端详。①

面黄肌瘦小儿郎，有父难依背井乡。
饱受炎凉万般苦，人虽吃素信非羊。

学艺无门因瘦小，挣钱有道任低高。
风餐露宿等闲过，蝼蚁亦能羞尔曹。

不畏邪蛮但信神，谦卑奋发等闲身。
敢抛小我心何小，不为金生必国钧。②

愤青口号满街飞，砸货焉能扬国威？
持得大钧须浩气，已行何用买洋机。

---

① 刘国钧舞勺之年，因家境贫穷，遭塾师怀疑偷食月饼而被蔑弃退学。
② 刘国钧原名金生，抗战时期改名国钧。

杂感（七言）

独立

始离家似脱缰身，初煮饭如羊探津。
足食丰衣谁惜福？饥寒交迫念双亲。

母亲节感怀

几声问候话寻常，时恨繁忙忘了娘。
护犊平生未言累，于今老屋守空堂。

兴化博物馆见紫砂陈壶有问

一度尘封忘岁华，重生敢问老烟霞。
三千劫尽情犹在，谁识芳心隐紫砂？

弥弥石骨隐纤尘，幽梦千年似破春。
修得壶身犹寂寂，心中日月向谁陈？

三生境遇梦迢迢，心底沉浮自遣消。
春味芳芽百般品，于今忆得几良宵？

前世今生化紫瓯，几经离合梦归幽？
相濡以沫如能忘，信此孤怀不复愁。

步韵答瞿春兄

母爱何曾分玉银，慈心若烛几谙珍。
春晖辜负来年补，残蜡堆人只蜡人。

延宗自古为家兴，修得亲情孝有凭。
厚德无言堪载物，胜儿贤婿一肩承。

咏一代名伶孟小冬

身世浮萍霜满天，花期空误倩谁怜。
有春何若无春好，伴月依梅总泪然。

无题

美满姻缘皆说好,十分恩爱守空巢。
凄风苦雨眼前过,貌合神离心底瞧。

积德无须钱万贯,修身何羡厦千间。
梧高百尺能撑月,雾拢十重难锁山。

丁酉正月十八逢情人节有感

满目高楼一半明,满街车影若蛇行。
满穿紫黛云霞杳,满纸蚕书自遣情。

满屋清寒灯影斜,满怀幽绪写烟霞。
满屏祝福奉诗和,满枕相思寄月华。

满腹吟花别样开,满帘幽梦剪难裁。
满楼惆怅听风雨,满眼疏光任怨猜。

己亥暮春游姑苏香雪海景区错过花期有感

无限风烟有限身,等闲雨意识芳辰。
信他前事多如梦,纵有冰心难锁春。

题赵钲先生《猴乐图》

不羡繁华恋碧山，无忧无虑自心闲。
由他名利相争去，信是浮生一梦还。

柳绿桃红掩碧穹，难拦日月复西东。
鸿飞天际多孤影，何若成双戏蚁虫。

题友人《梅兰竹石图》

元知造物有参差，习性天生岂可移。
松竹梅兰何为友？相生相衬更相仪。

题友人《临江凭眺图》

淼淼烟波不见舟，苍苍叠嶂有岚留。
寒风两袖为谁拢，望断天涯莫断流。

缸顾乡东罗村见茅有感

生在河边未逐波，经霜沐雨自峨峨。
纤纤瘦骨亭亭立，有脊芳菲风奈何。

禅心梦意（七言）

峨眉山拜观音法相归梓复梦有纪

如梅傲雪向隅开，影似孤鸿梦亦哀。
一拜观音悯情苦，莫教痴女独徘徊。

二拜观音净水台，尘缘未了费悬猜。
可能赐我淋漓雨？盼得某郎撑伞来。

常疑色相皆为幻，自织幽丝拒剪裁。
三拜观音开度我，痴情不似祝英台。

戊戌七夕梦拜白云庵月老祠

三生三世一绳牵，手执檀香问月仙。
乞巧之心人尽有，因何欠我半生缘？

韶华漠漠逝如烟，耿耿清愁拜大仙。
愿织红绳赠月老，但求还我半生缘。

丁酉春咏（七言）

挑灯浑忘月低高，风雨通宵落碧桃。
满地残英霾霭里，喜新蝶已恋蓬蒿。

难脱情丝难续缘，苍凉孑影倩谁怜。
元知流火不堪抱，耿耿柔怀妄效天。

纸鸢展翼却无风，想必江南正转蓬。
一角屏山千里远，如何人不似飞鸿。

生涯无岸叹浮槎，何若啼莺是处家。
老宅频频消梦瘦，春风径自拂烟霞。

恨他淫雨瘦芳尘，心冷百回犹盼春。
非是痴情不知劫，凝眸一顾忍离身。

如兰身世落红尘，未借霞光亦示人。
耐得风霜经得雨，焉能秀作满园春？

戊戌中秋感怀

身隐高楼伴旧书,挑灯孑影几心如?
纵然月满犹残梦,独醉何堪问故疏。

初情历历已难温,唯剩诗心记梦痕。
曾羡蟾光多皎皎,入怀终究不堪存。

习习秋风瘦老梧,烟霞渐黛隐青凫。
月圆楼外难圆梦,如许良辰何若无。

何须孤影两窗瘦,自对青灯一首诗。
明月纵然帘上驻,焉知我在为谁痴?

倦梦经年懒数更,芸窗韬晦若蚕耕。
芳心守到云开日,焉有光风庆缔生?

花信晚期终可期,一朝分蘖更依迟。
朱帘看惯灯残梦,可笑梦圆人尽痴?

丁酉春栖居太湖西山岛有纪

西山岛陌上有悟

曾为情迷为恨诗,栖居小岛悟真痴。
如花逐梦春如客,秀若芳塍蝶不移。

早识东风无准信,芊芊芳草任晴阴。
缘深缘浅皆天意,何必痴心恨异心。

谒西山岛包山禅寺(叠韵)

多情偏作寡情过,未了尘缘当墨磨。
磨尽清愁圆得梦,青丝成雪又如何。

世道娑婆风雨过,知他好事得多磨。
三生三世能圆梦,淬火重生又若何。

谒西山岛绮里坞观音佛像，绕道数次，终得佛缘

笃信观音在此山，迂回百转谒尊颜。
晨钟震耳如堂鼓，缘浅缘深一念间。

隐现须臾指顾间，慈容若匿不周山。
迷途出得知遐迩，顿悟心诚自破关。

出谷法身生晓岚，诚心当作佛心参。
三千弱水求三滴，明我双眸辨紫蓝。

佛像亭亭立宇寰，佛光普照有无间。
佛门若是寻常庙，佛子皆当觉悟还。

自解自慰

蚌吞咸水忍成珠，空谷幽兰任影孤。
心底能藏万壶泪，谁言不是小西湖。

风鸢几见守前盟，一若萤光不为情。
泉至悬崖飞作瀑，何妨绝处变重生。

人在天涯，诗寄天涯（五律）

登井冈山茅坪八角楼有感

阁楼依地势，斗室卧天骄。
留墨痕犹在，挑灯影已遥。
山深能革命，日烈正冲霄。
举目疏棂外，鹃花遍野烧。

井冈山借王勃韵致湖星先生及诸诗家

读史晓三秦，识荆凭一津。
阴晴愁晓月，风雨醒诗人。
追梦登红井，举樽效楚邻。
长吟皆即席，若个着纶巾？

登滕王阁寄怀

琼宇重巍峙,洪都貌已新。
一篇惊气魄,百代领风神。
漱玉潮推浪,凭栏手把巾。
落霞依水灿,飞骛带烟频。
惆怅登高处,徘徊为客身。
驰情忧后果,遗憾叹前因。
若是天怜意,应能梦落尘。
虚廊如复履,敢问伴何人?

泸沽湖见水性杨花

本是湖中草,凌波亦作花。
几时愁去路,遍处倚流槎。
水性随浮荡,春心任骞华。
许风无准信,焉恨岁难赊?

人在天涯，诗寄天涯（七律）

姑苏重元寺有寄

寺未依山却傍河，巍巍宝塔矗清波。
春华漠漠无非色，梵乐悠悠不是歌。
涉世谁先知坎坷？痴情人更恨蹉跎。
重元能否重圆梦？只恐平生守烂柯。

泰兴庆云禅寺大雄宝殿落成有感

苍松满院隐春华，古塔沧桑雾不遮。
佛殿重光阅时事，法轮依旧镇风邪。
檀香叠叠皆祈福，梵乐声声未驻霞。
钟鼓惊波警芸众，几人堪悟浪浮槎？

秦淮河夫子庙景区凭栏有思

华灯璀璨树朦胧,无赖惊波尽短篷。
浅绿深红皆黛色,方言杂语贯长空。
重肩一刻效归燕,孑影千回悯断鸿。
晓月圆残质依旧,东风复返恨难同。

京郊夏夜于蟹岛度假村散步有感

暑气盈风乘晚凉,路灯寂寂璨苍茫。
山岚似近峰偏远,蝉噪犹酣夜未央。
缱绻菱荷根共水,婆娑杨柳影横塘。
心扉不启愁难散,唯羡河桥任步量。

重游北固山寄怀

一别经年觅旧踪,芳菲遍野若初逢。
清愁隐隐谒禅寺,宿梦弥弥转塔峰。
北顾依然三面水,南寻焉得一根筇?
头头是道亭中间,只恐随风叹万重。

观云南罗平九龙瀑布有感

未借东风势亦遒，九龙争向碧潭投。
飞崖权作清愁泻，落谷如同再世修。
千载韬光缘为梦，一朝山岫岂回头。
恒心造就无双景，耿耿银河眼底收。

绍兴东湖泛舟

会稽山下郡城东，胜迹咸惊斧凿功。
壁立千寻萦绿水，脚划片桨荡乌篷。
湖光影倒云初散，石洞音回路乍通。
欸乃声中犹缱绻，林梢一抹夕阳红。

庐山植物园谒陈公寅恪墓

经纶满腹未疏狂，颠沛生涯一梦长。
凭字结缘缘若璧，以诗证史史成章。
拒封累爵沽浮誉，独上高楼恸大荒。
梓里松门虽杳杳，隐眠于此信安详。

游三清山感怀

举目巍岑几忘情，迂回百转谒三清。
女神隐隐浮云待，蟒石苍苍昂首迎。
驰路烟岚生客梦，绝尘草木与谁盟？
嫣红纵为东风误，黛绿横空更定睛。

谒玉龙雪山

千里迢迢谒玉容，寒威无语胜严冬。
云堆皓首如藏璧，日射琼光似唤龙。
万仞嶙峋雪中隐，几番冷酷岭尖封？
欲登峰顶力难借，遗憾何妨织梦逢。

访扬州个园有感

假山季季轮回现，修竹株株向此迁。
满眼碧空空几许，一园秀气气千川。
透风意趣堂前享，漏月诗情厅内遄。
行马观花蓦回首，始知不及燕儿缘。

诗存泰州（七律）

中国人民解放军海军诞生地纪念馆抒怀

戎旌猎猎拂江楼，水上长城诞泰州。
帆桨驰驱强虏灭，将军谈笑石城收。
侵凌霸气终堪制，甲午阴霾倐已休。
一自红星辉白马，不教沧海再横流。

癸未年秋于乔园拜访红粟诸老，敬步储公质卿先生原玉[①]

始觉秋来韵未赊，乔园老圃育新芽。
温馨劲竹如桑梓，茁壮幽兰若犊娃。
自古骚坛留咏趣，而今艺苑任涂鸦。
如何擎举诸君意，敢叫云开问月华。

[①] 当时泰州诗词协会和海陵红粟诗社办公地点在乔园内。

访高港狄园有感

越过苍山观过海，于今但羡狄园莲。
等闲风雨经檐下，别样烟霞伴砚前。
梦落三江随碧水，云翔四海恋瓜田。
纵无羽扇摇灯影，此境能庐信忘川。

乙酉秋登泰州望海楼有感

旭日瞳瞳透雾开，连薨紫气接蓬莱。
崇楼温梦胜初见，绝顶凭栏复几回？
追舸沙鸥随浪去，恋根长笛借风来。
宋涵又现古今月，过客芸芸隐藻才。

己亥春复登海陵望海楼眺凤城河寄慨

曾纳市廛排水沟，频年阻断少鱼游。
何期绕岸还青甸，又见临波点白鸥。
注出郊原凭灌饮，载来画舫自勾留。
乌龙敛迹云天映，跛鳖鸣鼋亦近舟。

游姜堰溱潼湿地生态园有感

一刻车程入混茫，关关候鸟掠苍凉。
越洋麋鹿归桑梓，离海鳄鱼潜野塘。
万亩霞烟浮剪影，几声啼啸逐残阳。
诗心唯恐怡情醉，盈面乡风两袖藏。

古泰州建为地级市 20 周年有感

一自滩涂变暖尘，沧桑开拓仗经纶。
文昌北宋儒风起，州建南唐青史陈。
月出民居知邑脉，霞栖梅苑慨时珍。
潮平三水同忧乐，霭蔚千秋共富贫。
古刹重光逢盛世，崇楼兴替阅芳辰。
稻河耿耿怜人老，岳阜巍巍看市新。
五巷朱弦随墨舞，八方游客绕街循。
江堤焕锦波重影，港埠盈舟帆满滨。
州署古槐晓时事，柳园醒木振幽津。
如林广厦争鸣鹊，若鲫英才竞跃鳞。
映塔泮池犹濯笔，连薨贡院复迎宾。
路通九域衔高轨，桥拱双虹代渡轮。
百姓学堂比黉宇，万家书屋赛先秦。
腾云驾雾终圆梦，姹紫嫣红可驻春。
药业成区济康泰，爱心遍处播慈仁。
如斯画卷谁来绘，莫忘长空有凤巡。

夜读有感（七律）

拜读《香河》敬寄瓜棚主人

识荆自问岂寻常，最是西湖一苇航。
每欲樽前聆麈教，忽从会后接华章。
七情六欲君何缺，垒字成文谁可妨。
掩卷凭栏恨难啸，犹怜残月俯西厢。

拜读《路石集》敬寄杨公晚风先生

临风独坐若鸿思，借雨吟风境出奇。
过眼烟霞皆入曲，动情岁月尽成诗。
文从涓滴观沧海，笔共高天舞子时。
不效繁莺啼晓树，山村草屋亦逢知。

杂感（七律）

题文藻先生《春山记鸿图》敬赠鸿良君

鸿飞五岳识稀音，良执三千抵万金。
君素才情当可越，子瞻豪迈亦堪临。
昆班出道通生旦，丑角光宗绝古今。
大气由来存浩气，师从造化毓兰心。

步忆雪堂《鸡年元日有作》原玉遣怀

年复一年辞岁寒，江淮无雪自澜安。
曾愁蹙额生皱皴，不觉银丝入发环。
鸡眼由来识昏晓，人心岂止到云山。
披风沥雨求圆梦，梦醒焉能得悟还？

己亥上己踏青，步啸风诗家原玉遣怀

处处芳菲占碧空，夭夭几朵入蟠胸？
曾闻山雉相充凤，亦见泥鳅自扮龙。
未许冰心逐流水，何妨冷眼看飞红。
东君不管沧桑事，但懂虎吟知啸风。

见风中纸鹞感怀

曾期比翼御长风，亦盼灵犀一点通。
任是初心多缱绻，何堪岁月总朦胧。
且行且吵情难洽，相怨相憎梦不同。
每欲分镳悯老燕，谁怜纸鹞若孤鸿？

无题

月朗中秋雁未归，楼西翠竹已成围。
千回蝶梦诗间舞，百折生涯何处飞。
江海能量深与浅，情缘难定是和非。
飘篷逐浪随波远，人不如帆恨愿违。

廉政谣

世怕阴霾水怕浑，清风满袖焕乾坤。
一钱太守入青史，万丈红楼叹废垣。
松树不阿空谷立，鲈鱼遭诱饵钩吞。
心存敬畏心何贱，人觉耻廉人自尊。
大道无边酬坦荡，官场有纪戒贪昏。
修成筰竹须高节，迁化溟鹏必勇鲲。
嘉德千秋强国梦，井冈五指傲昆仑。
要权在掌当谋政，厚禄加身应感恩。
行记四知增气魄，居思三省佑儿孙。
如蝼仕宦几传后？留得英名耀祖门。

纪念抗战胜利 70 周年有感

甲午腥霾尚染苍，倭奴辛未复侵疆。
国因积弱遭羞辱，人敢扬威慑肆猖。
两党并肩安社稷，亿民同梦保家邦。
信知龙种经连脉，莫道青天雨共阳。
狼子野心无正义，醒狮恂目似韬光。
由来失土输于怯，自古遗珠损在遑。
虎若温柔被猴耍，沙如涣散任风扬。
思危铭耻求匡志，亮剑持戈为亘昌。
四海升平暗潮涌，八方宁靖歹弓藏。
蚍蜉撼树何堪笑，亚太和平路漫长。

且行且吟，咫尺天涯

虞美人·对月

凝眸银汉漫云邈，残梦知多少？迢迢皎皎似相宜，骤雨无端添恨忆当时。

来鸿去燕经年转，花好东风软。碧霄光满几宵圆？只叹此情虽在异从前。

金缕曲·慕汪政晓华伉俪

比翼齐肩舞。若仲姬、相濡子昂，烛窗同赋。咫尺天涯同枕梦，携手文坛同步；风和雨、兰舟同渡；偕向山头云作伴，月同行、斗极犹同路；执玉管、霞同鬻。

一蓑烟雨同甘苦。沐清晖、光风同享，霁岚同睹。乳燕栖廊同喂哺，采菊东篱同茹。同忧乐、同思今古。理发文心同著说，对斜阳、无憾朝和暮。共夕照、同归处。

人月圆·寄怀

春来更念堂前燕,望断艳阳天。桃花开落,芭蕉舒卷,孑影依然。犹寒乍暖,骊歌一曲,后会何年?五分惦眷,五分祝福,尽付诗篇。

满庭芳·己亥春泰州天德湖公园见雪中寒梅,原韵奉和言恭达先生《牛首踏雪》

风老幽篁,雪凝梅萼,冷光焉暖芳魂?冰肌虬骨,本可入朱门。何故钟情旷野?清瘦影、寂寞孤囷。斜阳外,游人去后,戚戚把愁吞。

晴暾。偏只是,林逋不复,痴者犹存。奈境承天德,梦锁缘根。宋玉东墙占尽,依旧似、缯纩无温。新春也,词能成调,乱绪倩谁论?

【南正宫·普天带芙蓉】拜读顾公聆森先生大著《昆曲唱演与剧论》感赋

【普天乐】守清斋,翻孤本。(探)唐宋舞,元明韵。把霓裳翠袖风姿,寻思透喜怒愁殷。何管那嚣闠垄,牖外华灯如烟蜃。化希音夷雅为陶津,阑珊起煴。【玉芙蓉尾】信朱弦不绝兰苑焕余春。

满庭芳·观徐文藻先生山水画展感赋

山抹林岚,泉映花坞。翠色消尽游尘。柳风征棹,虚掩几樵门。三两亭台逸境，信鸿雁，忘了南春。昆仑气，胸中丘壑，落墨俱销魂。

凝神，天地意，苍苍可读，郁郁能温。慢言岫中云，雨雪难分。季后见分晓也。江湖水，不绝帆巡。高峰外，光风几许？星月若金樽。

满庭芳·癸未年初至海陵喜晤薛梅女史蒙赠大著《何处是归程》有寄

满面阳光，一身秀气，何其灵慧精神。初逢如故，恨晚更怡人。了却多年夙愿，慨天意、亦解情真。何须问，归程何处，梅自不争春。

乾坤，晴共雨，须眉敢越，巾帼能巡。亦生得花香，矗得昆仑。风物无垠任骋，但难料、世面机深。迢迢路，由衷祝福，伴汝涤风尘。

浪淘沙·金陵汉府与碧华姊促膝子夜有感

相见即相知，果若心期。由由促膝两怡怡。料得今生能此日，莫叹来迟。

道合自投机，未借前题。腊尽春回百川熙。信是芳华逢粲粲，万物苏时。

喝火令·镇江赛珍珠故居有感

生就才情种，何依陌上春。烟霞雨露伴征尘。见过东西明月，笃信本同轮。

提笔如天使，奔波似俗人。等身著作慰劳身。是处家山，是处供芳魂，是处故园衣冢，真魄哪隅询？

江城子·游山西晋中乔家大院春感

灯笼依旧满廊红。曳西风，送归鸿。老树枯苔，萧瑟画楼中。深巷尘埃迎客舞，门寂寂，客匆匆。

沧桑阅尽不龙钟。屋虚空，燕难逢。如寄人生，莫道不相同。过眼繁华终散尽，千古月，一秋枫。

水龙吟·敦煌莫高窟书怀

举头飘逸飞天，琵琶博带当空舞。黄沙万里，绿洲一片，明珠天予。千载经营，十朝荟萃，何从评估？自藏经洞露，世人瞠目，敦煌学，传寰宇。

遥想当年宝窟，壁开时，华光如炬。丝绸路上，鸣沙崖畔，骤增狐鼠。碧眼金髭，珍稀频盗，惹人酸楚。纵泱泱大国，曾因积弱，任风和雨。

浪淘沙·陕西扶风法门寺真身宝塔重光有感

舍利若金星，恒守苍冥。娑婆世界共阴晴。如故法轮新过客，堪忆堪凝？

担得佛都名，佑得祥宁。等闲风雨等闲经。昭示迷人知去处，岂道无情？

永遇乐·谒孔府孔庙孔林有感

日淡风轻，府深庙静，叶飘陵墓。丘者土名，天之木铎，句句成典故。安详雕像，寻常巷陌，游客趋瞻如堵。任无语、人人肃穆，红尘顿觉犹古。

魂归曲阜，名扬中外，千秋奉为教父。孰识凡胎，周游列国，踏遍艰辛路。亦经起落，亦遭批判，风雨沧桑抹去。喜今日，飞鸿掠过，竞相眷顾。

满庭芳·游绍兴情寄沈园

池阁伤怀，轩亭喋血，越中遗迹星陈。沈园三茸，犹似旧家珍。欲问缘何历代，多情客、纷吊湘裙？题垣畔，游人悄悄，恰恰鸟啼频。

休论，千载事，巾豪弱质，尽委稽尘。怨风雨摧残，如许花魂。情笃斯园应是，偏承惹、儿女啼痕。唏嘘处，宫墙垂柳，暮霭逼余曛。

【双调·步步娇】戊戌春偕友人访泰州稻河老街多儿巷

恋梓东风犹盈巷，似待归人访。天地广，风物三千梦寻常。任沧桑，老屋谁曾忘?

依旧青砖通幽巷,黛瓦由瞻仰。春未央,紫燕重逢几街坊?叹时光,总令人惆怅。

少年游·谒歙县棠樾鲍氏牌坊群和女祠有感

豪门不见谒牌坊,陈迹耀荣光。薄云似水,幽岚如故,栖燕任端详。黄金散尽风沙笑,漠漠只青穰。一堵高墙,几多人意?满眼尽沧桑。

鹧鸪天·游天柱山大峡谷

峡谷逶迤曲似蛇,霜晨一路静无哗。湖滨落叶迷幽径,石上飞流乱彩霞。

声可敛,影难遮,林梢虽僻有人家。隐封千载桃源洞,正向市廛输物华。

一剪梅·游泰州梅园见白梅傲寒兼题贾广慧先生 《白梅傲雪图》

未借东风生暗香,守得孤芳,谁得孤芳?白衣胜雪饱经霜,圆梦何妨,残梦何妨。

疏影寒空傲淡妆,似为梅郎,孰为梅郎?冰肌一颤漏春光,满目苍茫,独俏苍茫。

满庭芳·祝贺中国评书评话博物馆开馆庆典兼缅怀评话宗师柳敬亭

丽日迎宾,和风庆典,焕然柳苑逢春。渔湾闲棹,能忆旧幽津?岂是怀人水阔,凭空眺、万里无云。归廊燕,南窗剪韵,往返几番巡。

朱门,今复启,欣闻抚尺,恰振良辰。集高手盈盈,听众芸芸。欲问曹公塑像,折扇上、可有啼痕?倏聆得,重生醒木,贯耳舞轻尘。

沁园春·改革开放 40 年看深圳崛起感怀

晦养千年,运转今朝,梦起何时?若春雷惊蛰,春风破笋;锦云出岫,锦缋成衣。谁问苍凉,谁怜汗泪?只道称雄众叹奇。思来路,幸能从大局,敢试先机。

不须玉管生辉,但植得梧桐鸾凤栖。令滩涂滩碛,眉扬气吐;鹏城鹏岛,实至名归。手上蓝图,肩头使命,无例遵循自为师。又春也,愿春天故事,举世皆知。

高阳台·游海陵桃园陈庵有感

戊子春,我据史传写出大型戏曲剧本《孔尚任》,执稿游海陵桃园、陈庵，缅怀孔东塘，不禁唏嘘。

　　点点飞红，翩翩恋蝶，霏霏雾散芳晨。寂寂陈庵，曈曈晓日临门。香炉无主温残梦，慨念他、默守何人？但凄然、荏苒千秋，过客纷纷。
　　悲歌一曲桃花扇，叹兴亡青史，落拓红尘。满目葱茏，而今是处逢春。我将拙笔书新剧，谒先生、有稿难询。只桃花、还似当年，依旧销魂。

一剪梅·观泰州盆景园盆景有感

　　貌似天工造化身，桩现风皱，态现风神。英姿卓越出泥盆，枝隐残针，叶隐残痕。
　　扭曲芳华失本真，铜线缠心，棕线缠魂。谁怜傲骨屈红尘，生命由根，宿命由人。

沁园春·丁酉春访泰州乔园感怀

　　匾似遗存，门似当初，景似从前。看三峰拥翠，岚光复灿；半亭守旧，日影犹还。草色盈阶，松风拂槛，蝶舞山房期宿缘。高堂内，问主人何在，明镜无言。
　　几番泉石流连，叹古柏苍苍任梦残。睹雍雍庭院，唯留传说；殷殷画舫，但剩空舷。一晌闲情，二分竹屋，思绪茫茫忘市廛。唏嘘处，只来兮归去，不老云烟。

188　似是而非的日子

碧榆园有思（代后记）

亦知人到中年，当提得起、放得下。有些东西真能放得下吗？

当脚下的路可以随心抉择时，方向便是定力的佐证。未曾修炼到放下自在的禅境，失落和遗憾已成必然。

不否认，有些路，有些景，有些人，有些事，可以忘却，甚至很快忘却。然，违心的忘却，犹如自虐。尤其刻骨铭心的，纵然历经沧桑，心扉一经外因刺激，便如朱轴落入寒臼。

一如身处此时此地的心情。环顾周遭，有如故，也有更新。与那年那夜，何等相似，又何等迥异。岁月静好。此景此境能心静如水吗？

生活终究不是穿越剧。那桥段，历历在目，似梦非梦，本非镜花水月，俨然水月镜花矣。那惆怅，那遗憾，任是随年华冷却、岁月尘封，如许深夜，偏若箫声入耳，帘卷西风……

此次会议，于此时节安排在此，信是天意。山楼依然，星月如故，相思无凭，如何叹物是人非！如此天意，焉能言苍天无情？然，有情若何？无情若何？登高凭眺，但觉心更苍然、夜更苍茫矣。

陡然想起杜丽娘游园惊梦。杜娘堪怜，杜娘何幸也！情不自禁，亦用天田韵调寄《南仙吕·皂罗袍》一阕：

黛绿深红寻遍，
叹稀疏秾密，
不似当年。
月落清泉复依天，
叶飘荒野难归院。
锦塍芳甸，
焉随客迁；
残霞孤雁，
何从梦眠？
临湖且任风吹面。

纵然不是花前月下，若能一见偕老，剪烛共窗，此情此缘修到死去活来又何妨！呜呼，思月圆怕月圆。谁信？庄子脱俗，犹作梦蝶之说。人生如梦终非梦。梦里梦外，素心自知，甘苦自知，何须人知，何求人知……

天荒地老终是传说，何况人心不古。既知浮生若梦，梦如烟花，何必耿耿为梦苦。放下吧！放下吧……仰望苍穹，任是云来云去，月圆月残皆如故；低头寻思，路依然在脚下，有苍凉，也有沉香。生活，除了晓风残月，还有燕喃烟霞……

"非干病酒，不是悲秋。"意卸胸中块垒，偏偏欲说还休……呜呼，鸿雁年年南北征，焉知幽梦寻芳信？留一纸梦痕，放下吧！

愿彼此都一切安好！

丁酉年庚戌月壬申日
写于润州碧榆园